HEYNE BÜCHER

SCIENCE FICTION

Herausgegeben
von Wolfgang Jeschke

Ein Verzeichnis aller STAR TREK-Romane
finden Sie am Schluß des Bandes.

STARFLEET KADETTEN

STAR TREK®

TED PEDERSEN

ZIGEUNERWELT

Star Trek®
Starfleet Kadetten
Band 17

Deutsche Erstausgabe

WILHELM HEYNE VERLAG
MÜNCHEN

HEYNE SCIENCE FICTION & FANTASY
Band 06/6517

Titel der Originalausgabe
GYPSY WORLD
Aus dem amerikanischen Englisch von Uwe Anton

Umwelthinweis:
Dieses Buch wurde auf chlor- und
säurefreiem Papier gedruckt

Redaktion: Rainer-Michael Rahn

Erstausgabe by Pocket Books/Simon & Schuster Inc., New York

Printed in Germany 1998
Umschlagbild: Pocket Books/Simon & Schuster Inc., New York
Innenillustrationen: Todd Cameron Hamilton
Umschlaggestaltung: Atelier Ingrid Schütz, München
Technische Betreuung: M. Spinola
Satz: Schaber Datentechnik, Wels
Druck und Bindung: Ebner Ulm

ISBN 3-453-14003-6

Für David Alexander,
einen guten Freund und Mit-Trekker

DEEP SPACE NINE
PLAN DER STATION

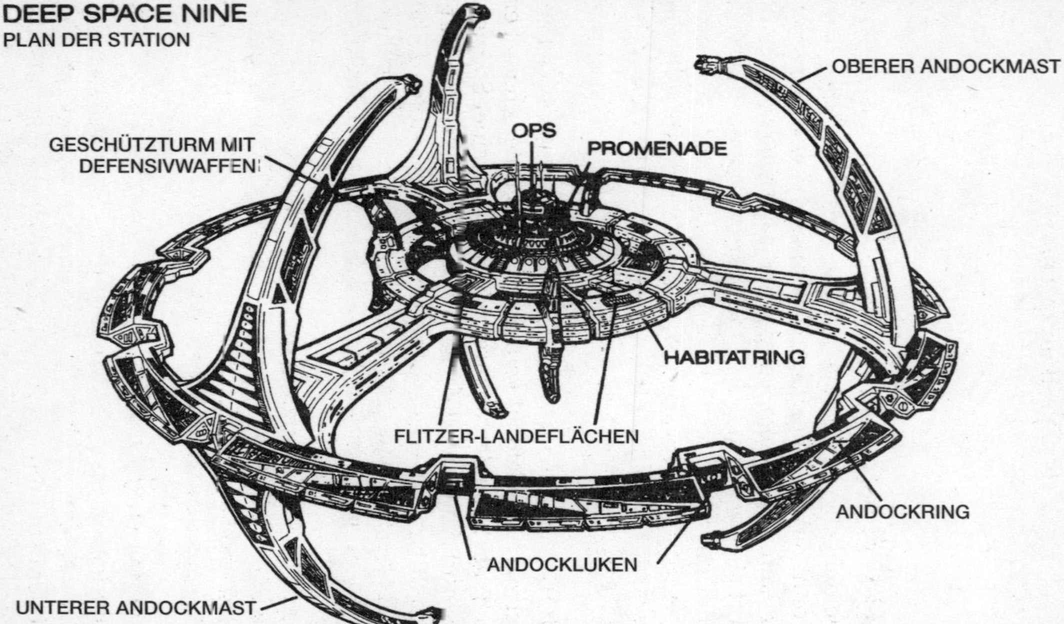

STAR TREK: *DEEP SPACE NINE*
Die Hauptpersonen

JAKE SISKO – Jake ist Teenager und der einzige menschliche Junge, der ständig auf *Deep Space Nine* wohnt. Jakes Mutter starb, als er noch sehr klein war. Er kam mit seinem Vater auf die Raumstation, fand dort aber nur sehr wenige Kinder in seinem Alter vor. Er erinnert sich nicht an das Leben auf der Erde, mag aber Baseball und Schokoriegel und würde sich am liebsten vor seinen Hausaufgaben drücken. Sein Vater billigt seine Freundschaft mit Nog nicht.

NOG – Ein junger Ferengi, dessen wichtigstes Ziel im Leben es ist, Geld zu verdienen. Darin unterscheidet er sich nicht von den anderen Mitgliedern seiner Spezies. Es stört ihn nicht, daß sein Vater Rom häufig geschäftlich unterwegs ist und sein Onkel Quark dann auf ihn aufpaßt. Nog hält die Menschen mit ihren Vorstellungen von Vertrauen, Hilfsbereitschaft und Freundschaft für seltsam. Er versteht Jake nicht immer, doch da sein Vater ihm den Umgang mit dem Jungen von der Erde verboten hat, sind Nog und Jake die besten Freunde. Nog spielt anderen gern Streiche, versucht aber immer, Odo aus dem Weg zu gehen.

COMMANDER BENJAMIN SISKO – Jakes Vater wurde von Starfleet Command als Befehlshaber der Raumstation und Verbindungsoffizier zwischen der Föderation und Bajor nach *Deep Space Nine* versetzt. Seine Frau kam bei einem Angriff der Borg ums Leben, und er zieht Jake allein groß. Er hat stets sehr viel zu tun, bemüht sich jedoch, mehr Zeit für seinen Sohn zu finden.

ODO – Der Sicherheitsoffizier wurde vor vielen Jahren von bajoranischen Wissenschaftlern gefunden und weiß nicht, woher er ursprünglich stammt. Er ist ein Gestaltwandler und kann daher für eine gewisse Zeit jede beliebige Form annehmen. Normalerweise bewahrt er ein menschenähnliches Äußeres, doch etwa alle sechzehn Stunden fällt er in seinen natürlichen flüssigen Zustand zurück. Gesetzesbrechern bringt er keine Nachsicht entgegen, und Ferengi noch weniger.

MAJOR KIRA NERYS – Kira war während der Besetzung Bajors durch die Cardassianer Freiheitskämpferin im bajoranischen Untergrund. Nun vertritt sie auf der Station die Interessen Bajors und ist Siskos Erster Offizier. Ihr Temperament ist legendär.

LIEUTENANT JADZIA DAX – Eine alte Freundin von Commander Sisko und Wissenschaftsoffizier. Dax ist eine Trill und besteht in Wirklichkeit aus zwei miteinander verbundenen Wesen. Im Wirtskörper einer jungen Frau lebt ein Symbiont mit eigenständigem Bewußtsein. Sisko kannte den Symbionten Dax in dem vorhergehenden Gastkörper, der männlich war.

DR. JULIAN BASHIR – Der abenteuerlustige Dr. Bashir zählte zu den besten Studenten seines Jahrgangs und bat darum, auf einen Außenposten am Rand des Föderationsraums versetzt zu werden. Seine Begeisterungsfähigkeit bringt ihn manchmal in Schwierigkeiten.

MILES O'BRIEN – Früher Transporter-Chief an Bord der *USS Enterprise* und nun Leiter der technischen Abteilung auf *Deep Space Nine.*

KEIKO O'BRIEN – Keiko war auf der *Enterprise* Botanikerin, zog aber mit ihrem Ehemann und ihrer kleinen Tochter Molly auf die Station um. Da es für eine Botanikerin auf *Deep Space Nine* kaum etwas zu tun gibt, hat sie eine Schule eröffnet und unterrichtet alle Kinder, die ständig oder auch nur zeitweise auf der Station wohnen.

QUARK – Der Ferengi ist Nogs Onkel und Geschäftsmann. Ihm gehört ein Restaurant, dem ein Spielkasino und Holo-Kammern angeschlossen sind. Es befindet sich auf der Promenade, dem zentralen Schauplatz zahlreicher Aktivitäten auf der Station. Quark hat bei jedem Geschäft, das an Bord gemacht wird, die Hand im Spiel, und schafft es fast immer, dem Gesetz – normalerweise in Gestalt von Odo – einen Schritt voraus zu bleiben.

Historische Anmerkung:

Die Handlung dieses Romans spielt während der ersten oder zweiten Staffel der Fernsehserie *Deep Space Nine.*

1

Jake starrte den Mann an. Er wußte, das war unhöflich, konnte aber einfach nicht anders. Er hatte noch nie zuvor einen Fjori gesehen. Das Wesen war groß und hatte einen dichten Bart. Sein Gesicht war von den sengenden Strahlen Hunderter von Sonnen und dem Wind Tausender von Welten gebräunt und vernarbt. Seine Kleidung war bequem geschnitten, doch er trug sie mit demselben Stolz, mit dem Jakes Vater die Paradeuniform von Starfleet trug.

Commander Benjamin Sisko stieß seinen Sohn an, als der Mann näher kam, und Jake wandte schnell den Blick von ihm ab. Sisko reichte ihm zur Begrüßung die Hand. »Willkommen auf *Deep Space Nine*, Captain Vardk. Ich bin Commander Sisko. Das ist mein Sohn Jake.«

Captain Jrl Vardk vom Handelsraumschiff *Orak* drückte dem Commander fest die Hand und nickte Jake zu. »Vielen Dank, daß Sie uns erlauben, Ihren Reparaturhangar zu benutzen, Commander.«

»Es ist die Aufgabe von *Deep Space Nine*, allen Schiffen zu helfen, die durch das bajoranische Wurmloch fliegen.«

»Auch einem Schiff der *Fjori?*«

Sisko lächelte. »Meine Vorfahren hatten auf der alten Erde jahrhundertelang unter Vorurteilen zu leiden. Das haben wir gemeinsam.«

Vardk nickte. »Aber Sie müssen den Zorn Ihrer Artgenossen nicht mehr ertragen«, fügte er dann hinzu.

»Solange die Fjori auf ihrer Entscheidung beharren,

sich von allen anderen Zivilisationen fernzuhalten, wird es immer einige geben, die ihnen mißtrauen.«

»Sie haben natürlich recht, aber wie bei den Zigeunern Ihres Planeten ist es die Bestimmung der Besatzung der *Orak*, als Nomaden zu leben. Ständig zwischen den Sternen umherzuziehen.«

»Wenn Sie das so wollen ...«

»So ist es seit Anbeginn unserer Geschichte gewesen. Es kann nicht anders sein.« Vardk sprach so selbstsicher, als sei dies eine unumstößliche Tatsache.

Mit diesen Worten wandte der Captain der *Orak* sich ab und ging davon. Er hatte die Luftschleuse schon fast erreicht, als er stehenblieb, sich umdrehte und noch einmal zu Sisko zurückschaute. »Ich würde vorschlagen, daß Sie Ihrem, aber auch meinem Seelenfrieden zuliebe den Andockplatz absperren, solange wir hier sind.«

»Das habe ich schon angeordnet«, erwiderte Sisko. »Sie haben mein Wort darauf, daß Sie und Ihre Familie nicht belästigt werden, solange Sie Gäste auf *Deep Space Nine* sind.«

Jake sah Captain Vardk nach, wie er um eine Ecke verschwand, und wandte sich dann an seinen Vater. »Heißt das, wir dürfen das Fjori-Schiff nicht besuchen?«

»Leider ja, Jake. Die Fjori leben sehr zurückgezogen, und ich möchte Rücksicht auf ihre Gebräuche nehmen. Solange sie hier sind, ist Andockplatz sieben für alle gesperrt.« Er sah Jake scharf an. »Das gilt auch für dich und deinen Freund Nog.«

Obwohl Wochenende war, ging Jake von seinem Vater schnurstracks zur Schule der Raumstation.

Der Ausdruck Schule war eigentlich eine Übertreibung. Keiko O'Brien hatte ein leeres Ladenlokal in ein Klassenzimmer umbauen und mit Computerterminals für das halbe Dutzend Kinder auf der Station ausstatten lassen.

Jake hatte sich ursprünglich beschwert, es sei nicht richtig, die ›kleinen Kinder‹ gemeinsam mit Teenagern wie ihm und Nog zu unterrichten. Aber Benjamin Sisko hatte erwidert, Dorfschulen mit nur einer Klasse seien in der Pionierzeit der Erde gang und gäbe gewesen. Und *Deep Space Nine* bildete im 24. Jahrhundert eindeutig die neue Grenze, zu der die Pioniere vorstießen.

Wie fast immer, wenn sein Vater ihm etwas erklärte, akzeptierte Jake es – und stellte dann selbst Nachforschungen über das Thema an. Normalerweise stellte er fest, daß sein Vater recht hatte.

Und jetzt wollte Jake Nachforschungen über die Fjori betreiben. Er trug dem Computer auf, alles Verfügbare über sie zusammenzustellen, und wartete auf das Ergebnis.

Er mußte nicht lange warten.

»Suche abgeschlossen«, erklärte die weibliche Stimme des Computers. Jake hatte seinen Vater einmal gefragt, warum die meisten Computerstimmen weiblich waren. Der Commander hatte kurz darüber nachgedacht und dann erwidert, dies sei vermutlich so, weil die Stimme einer Frau nicht so bedrohlich klang wie die eines Mannes.

Das kam Jake logisch vor. Auch heute noch waren schwierige Situationen leichter zu ertragen, wenn er sich an die weiche Stimme seiner Mutter erinnerte.

»Zeig mir, was du herausgefunden hast«, befahl Jake dem Computer.

Vor der Zimmerwand materialisierte eine holographische Sternkarte. Jake erkannte sie als eine des Gamma-Quadranten. Er hatte erwartet, innerhalb der Karte Dutzende bunter Lichtpunkte auszumachen, die die Raumschiffe der Fjori darstellten, sah sich aber getäuscht. Kein einziger Punkt überlagerte die Karte. »Wo sind die Schiffe der Fjori?« fragte er.

»Die Anzahl der Fjori-Schiffe im kartographierten Universum ist nicht bekannt, da in den zwei Jahren, seit das Wurmloch aktiv ist, nur einige wenige hindurchgeflogen sind«, erklärte der Computer. »Es gibt in den Dateien nicht genug statistische Aufzeichnungen, um eine zuverlässige Schätzung treffen zu können.«

»Und warum nicht?« fragte Jake.

»Fjori sind Nomaden. Es gibt keine Unterlagen darüber, ob sie jemals einen Planeten kolonisiert, ein Territorium beansprucht, eine Regierung gebildet oder einen Krieg geführt haben. Und da die Fjori nie eine Volkszählung durchgeführt haben, gibt es auch keine offiziellen Unterlagen über sie.«

»Mit anderen Worten«, faßte Jake zusammen, »sie sprechen nicht über sich.«

»Genau«, bestätigte der Computer. »In meinen Dateien existieren keine zuverlässigen Daten über die Fjori.«

»Aber es muß doch irgend etwas geben.«

Die Sternkarte schrumpfte zusammen, zeigte zuerst einen Sternencluster und dann eine einzelne Sonne am Rand des Sternenhaufens.

»Ist das die Heimatwelt der Fjori?« fragte Jake.

»Es ist eine Simulation, die auf Legenden und Volksmärchen basiert«, erwiderte der Computer. »Es gibt keine gesicherten Unterlagen über die Lage ihrer Heimatwelt. Es ist nicht einmal sicher, ob sie überhaupt noch existiert.

Man vermutet, daß sie jahrhundertelang über ihren Planeten gezogen sind. Als dann die Raumfahrt entwickelt wurde, wanderten sie in ferne Regionen des Alls aus. Dort setzten sie ihre nomadische Lebensweise fort. Sie wurden Händler, reisten von einer Welt zu anderen, wagten sich in die abgelegensten Regionen der Galaxis vor. Ihre Raumschiffe sind ihre einzige wahre Heimat, wie es in den Jahrhunderten davor ihre Wohnwagen waren.«

»Computer, halt die Klappe.«

Der Computer gehorchte, und die Sternkarte verschwand. Jake drehte sich zu der Ursache der Störung um – zu seinem Freund, dem Ferengi Nog.

»Warum hast du das getan?« fragte er.

»Wenn du alles über die Fjori herausfinden willst, darfst du nicht in einer verstaubten Datenbank suchen.«

»Aha. Du bist also Experte für dieses Thema?«

»Allerdings.« Nog ließ ein breites Lächeln aufblitzen, wie immer, wenn er besonders zufrieden mit sich war. »Ich weiß einiges über die Fjori, das nicht im Computer enthalten ist.«

Jake hatte herausgefunden, daß man Nogs Prahlereien am besten mit einer gehörigen Skepsis gegenübertrat. »Zum Beispiel?« fragte er herausfordernd.

Nog trat ganz nah an ihn heran und legte den Arm um Jakes Schultern, wie er es bei seinem Onkel Quark beobachtet hatte, als der einem nichtsahnenden Raumfahrer Aktien einer durellianischen Mine im Verlorenen Quadranten verkaufen wollte. »Ich kenne den Weg zum geheimen Heimatplaneten der Fjori.«

Es folgte eine lange Pause. Schließlich brach Jake das Schweigen. »Na schön. Und wirst du ihn mir verraten?«

Eine weitere lange Pause, dann lächelte Nog. »Wenn der Preis stimmt.«

2

Auf der Promenade war es ziemlich voll. Außer der *Orak* hatten noch sieben Schiffe angedockt, und in den Geschäften herrschte ein Heidenbetrieb. Und nirgendwo war soviel los wie in Quarks Bar und Restaurant.

Jake und Nog durften das Etablissement natürlich nicht betreten, aber von einem der Kioske auf dem Hauptgang konnten sie das Gedrängel ziemlich genau verfolgen.

»Ich habe noch nie von der Welt der Fjori gehört«, sagte Jake, während er auf seinem Jumja kaute – das die Einheimischen übrigens als ›Glop am Stiel‹ bezeichneten.

»So naiv kann wirklich nur ein Menn-sch sein«, erwiderte Nog. Er hatte seinen Snack – den ›Preis‹, den er für seine Information verlangt hatte – schon aufgegessen. Einen Moment lang spielte er mit dem Gedanken, einen zweiten Glop zu verlangen, überlegte es sich dann aber doch anders. Jake war ein leichtes Opfer, aber auch der einzige echte Freund, den Nog hatte. »Die Welt der Fjori ist ein geheimer Planet, den die Fjori alle fünf Jahre zu ihrer Zusammenkunft aufsuchen.«

»Woher weißt du denn, wo er sich befindet«, fragte Jake verblüfft, »wenn seine Position geheim ist?«

Nog beugte sich zu ihm vor. »Ich weiß ja gar nicht genau, wo er ist«, flüsterte er, »aber ich weiß, wie ich es herausfinden kann.«

»Und wie?«

»Mit Hilfe der Sternkarten der Fjori.«

»Ach so. Du gehst einfach zu Captain Vardk und bittest ihn, dir seine Karten zu zeigen?«

»Na ja … das nicht gerade. Es gibt aber eine andere Möglichkeit.«

Jake wußte, wie die aussah. »Du wirst doch nicht versuchen wollen, sie zu stehlen?«

Nog tat angesichts der bloßen Vorstellung überaus schockiert. »Stehlen? Aber nein. Nur einen kurzen Blick hineinwerfen.«

»Versuch es lieber erst gar nicht«, warnte Jake ihn. »Mein Dad hat den Andockplatz der Fjori abgesperrt.«

Nog lehnte sich in seinem Sessel zurück und schwieg. Jake wußte ganz genau, daß sein Ferengifreund vorhatte, die Sperrung von Andockplatz sieben zu umgehen. Und er war fest entschlossen, sich nicht schon wieder in Nogs Machenschaften verstricken zu lassen.

Nog sah die Lage etwas anders. Als Spezies hielten die Ferengi sich nicht unbedingt an Regeln. In der Tat gingen sie davon aus, daß es Regeln nur gab, damit ein Ferengi sie brechen konnte. Andererseits hielt sogar sein Onkel Quark es nicht für besonders klug, sich mit Benjamin Sisko anzulegen.

Der Kommandant der Station war stets fair – solange man nicht gegen seine Regeln verstieß. Dann war sein Zorn so schrecklich, daß er sogar einen Klingonen einschüchterte. Andererseits wußte Nog, daß sein Ansehen in den Augen seines Onkels und der anderen Ferengi gewaltig steigen würde, falls es ihm gelang, die Sternkarten der Fjori zu entwenden. Und er wußte, daß es eine Gelegenheit dazu geben würde. Nog hoffte lediglich, daß er genug Grips hatte, um sie zu erkennen, und genug Mut, sie zu ergreifen.

Doch zuerst einmal richtete Nog seine Aufmerksamkeit auf die abendlichen Aktivitäten auf der Promenade … wo die Gelegenheit erschien, auf die der junge Ferengi wartete.

Diese Gelegenheit hatte olivbraune Haut und trug die bunte Jacke eines Fjorihändlers. Sein Name war, wie sich herausstellen sollte, Kala, und er war nur ein paar Jahre älter als Jake und Nog. Er versuchte, sich einen Bart wachsen zu lassen, wie die meisten Fjori einen trugen, doch bislang war das Unterfangen nicht besonders erfolgreich gewesen.

Es stand zu bezweifeln, daß er schon alt genug war, um Quarks Bar zu betreten, doch der geschäftstüchtige Ferengi vermied es in der Regel, Fragen zu stellen, die ihn vielleicht einen zahlenden Gast kosteten.

Kala entschied sich für einen Hocker am Ende der Bar neben einem schwergewichtigen Minenarbeiter vom Volk der Bulgani. Das war sein erster Fehler. Dann versuchte er, mit dem Bulgani ein Gespräch anzufangen. Das war sein zweiter Fehler. Bulgani sind nicht gerade als gesellige Spezies bekannt. *Man lädt einen Bulgani nicht zu einer förmlichen Abendgesellschaft ein,* dachte Jake. *Er wäre dort sehr unglücklich, aber der Gastgeber wäre später noch unglücklicher.*

Jake und Nog beobachteten das alles vom Kiosk aus. Sie konnten nicht verstehen, was der Fjori sagte, aber Nog flüsterte Jake zu, er wisse, was der Junge vorhabe. Lächelnd fügte Nog hinzu, auch er habe das schon mehrmals versucht.

Wenn die Fjori eine Eigenschaft haben, der die Ferengi knirschend Respekt zollen, dann die Begabung, einen Schwindel durchzuziehen. Doch wie Nog feststellen mußte, strotzte dieser Vertreter des Volkes zwar vor jugendlichem Enthusiasmus, aber leider mangelte es ihm an der Professionalität eines wahren Meisters dieser Kunst.

Während Nog zusah und schon ahnte, was geschehen würde, gelang es Kala endlich, die Beachtung des

Minenarbeiters zu erlangen. Genauer gesagt, es gelang drei Wolkenkristallen, die Kala aus einem Lederbeutel holte und auf den Tresen legte. Ihre Schönheit – und ihr Wert – war so groß, daß sie sogar die Aufmerksamkeit eines stahlharten Minenarbeiters der Bulgani erregten.

»Zehn Streifen in Gold gepreßtes Latinum«, nannte Kala seinen Preis.

Der Bulgani grunzte. »Die sind gestohlen.«

»Sind sie nicht. Mein Großvater hat sie mir kurz vor seinem Tod geschenkt. Es sind Familienerbstücke.«

»Warum willst du sie dann verkaufen?«

»Weil mir nichts anderes übrig bleibt«, erwiderte Kala seufzend. »Ich muß mich um meine kleine Schwester kümmern. Sie ist krank, und ich habe kein Geld, um einen Arzt zu bezahlen.« Er berührte einen der drei Kristalle. »Das ist alles, was ich habe.«

Der Bulgani betrachtete die Kristalle und versuchte angestrengt, seine Gedanken zu verbergen. Doch Nog wußte genau, was ihm durch den Kopf gehen mußte: daß sie viel mehr wert waren als zehn Streifen Latinum und daß der Fjori sie bestimmt gestohlen hatte. Einen Augenblick lang zog er vielleicht sogar in Betracht, die Sicherheitswächter der Station zu rufen, doch dieser Moment verging schnell. Wenn der Fjori sie einem anderen gestohlen hatte, war es nur recht und billig, daß er sie ihm stahl.

»Fünf goldgepreßte Streifen«, lautete das Angebot des Bulgani.

»Ich stecke in der Klemme«, jammerte Kala. »Sie wissen, daß ich sie verkaufen muß, und wollen mich betrügen. Meine Notlage ausnutzen.«

Der Bulgani hob einen Kristall hoch. Das Spiel hatte begonnen. »Vielleicht sechs Streifen.«

Kala riß dem Bulgani den Kristall aus der dicken Pranke und schnappte sich die beiden anderen von der Bar. Er steckte alle drei in den Beutel und stand auf, als wolle er gehen. »Tut mir leid, daß ich Ihre Zeit in Anspruch genommen habe.«

Der Bulgani zappelte am Haken. »Na schön. Ich habe aber nur acht Streifen.«

Kala zögerte. Er tat so, als wolle er den Beutel einstecken. Zögerte erneut. Dann setzte er sich und legte den Beutel vor dem Bulgani auf die Bar. »Zeigen Sie mir Ihr Geld.«

Der Bulgani holte einen Stapel leuchtender Latinumstreifen hervor und legte sie neben dem Beutel auf den Tresen. Kala zählte sie. Genau acht. »Ich sollte nicht darauf eingehen, aber ich brauche das Geld wirklich dringend.«

Kala verstaute die Streifen in einer Innentasche seiner Jacke. Dann schob er den Beutel mit den Kristallen zu dem Bulgani hinüber – und stieß dabei ein Glas mit bajoranischem Sandbier um.

Der Bulgani sprang instinktiv auf, um nicht vollgespritzt zu werden, und Kala nutzte die Gelegenheit, um den Beutel auf dem Tresen mit einem zu vertauschen, den er in seiner Jacke verborgen hatte.

Das war sein dritter Fehler.

Quark hatte den Austausch der Beutel beobachtet, schien jedoch der Ansicht zu sein, daß die Sache ihn nichts anging. Wenn der Bulgani so blöd war, hatte er es verdient, sein Geld zu verlieren. Der Ferengi zog sich zum anderen Ende des Bartresens zurück.

Doch ein bajoranischer Ladenbesitzer, der den Austausch ebenfalls bemerkt hatte, hielt sich nicht zurück. Er trat vor; vielleicht dachte er, daß der Bulgani kein Geld mehr in seinem Geschäft ausgeben konnte, wenn man es ihm hier abluchste.

Kala wollte gehen, doch der Bajoraner hielt ihn an der Schulter fest, griff dem Fjori in die Innentasche und zog den anderen Beutel heraus.

Nog stieß Jake an. »Komm schon. Auf diese Gelegenheit haben wir gewartet.«

Jake wußte nicht genau, was Nog meinte, folgte seinem Freund jedoch – wenngleich er überzeugt war, daß der junge Ferengi ihnen Schwierigkeiten einbrocken würde.

Und genau das tat er.

Der Bulgani wurde wütend, als er merkte, daß er hereingelegt worden war. Er packte Kala an der Jacke. Seine Absicht war eindeutig: Er wollte Kala in der Luft zerreißen. Und klar war ebenfalls, daß die meisten Gäste in Quarks Bars gegen diese kleine Liveeinlage nichts einzuwenden hatten.

Doch Kala hatte, wie die meisten Fjori, schon öfter in Schwierigkeiten gesteckt. Er riß das Geld des Bulgani aus seiner Tasche und warf die Latinumstreifen in die Menge – und alle stürzten sich darauf und balgten sich darum.

Als der Bulgani sah, daß gierige Fremde seinen gesamten Besitz schnappten, ließ er Kala los. »Das ist mein Geld!« brüllte er und warf sich in die Menge.

Kala drehte sich um, ergriff den Beutel, der die echten Kristalle erhielt, stürzte aus der Bar hinaus – und stieß Jake dabei um.

Mittlerweile waren die Sicherheitswächter der Station eingetroffen und schickten sich an, die Ordnung wiederherzustellen. Der betrübte, aber klüger gewordene Bulgani-Minenarbeiter bekam nur die Hälfte der Latinumstreifen zurück.

Jake rappelte sich auf und ging auf die Promenade hinaus. Dort wartete ein breit lächelnder Nog auf ihn. »Worüber freust du dich denn so?« wollte Jake wissen.

Nog führte seinen Freund in eine dunkle Ecke und enthüllte dann den Grund seiner Zufriedenheit. Er öffnete die Hand, und der andere Beutel befand sich

1995

darin. Den machte er auf, und Jake sah drei Wolkenkristalle – die echten.

»Ein Fjori wird niemals einen Ferengi überlisten können«, sagte er stolz.

»Du kannst sie nicht behalten, Nog.«

Der junge Ferengi ließ die Kristalle in den Beutel zurückkullern. »Da hast du recht. Das wäre Diebstahl.« Er warf Jake den Beutel zu. »Wir müssen sie zurückgeben – dem Fjori.«

Und so kroch Jake kurz darauf zögernd hinter Nog durch einen Luftschacht, der zum Andockring führte. Er pflichtete Nog bei, daß sie die Wolkenkristalle unbedingt zurückgeben mußten. Er war aber nicht der Ansicht, daß es unbedingt auf diese Weise geschehen mußte.

Doch als sie durch das Gitter in die nur schwach beleuchtete Andockluke schauten, war es zu spät, um noch umzukehren.

Jake sah über Nogs Schulter und stellte fest, daß die Andockluke verlassen war, abgesehen von einigen Gestalten bei der Luftschleuse. Als er die Augen zusammenkniff, konnte er erkennen, daß dort einige Fjorimänner und -frauen emsig am Navigationscomputer-Modul der *Orak* arbeiteten. Sie hatten das Gerät ausgebaut, aus dem Schiff gebracht und für einen Test an das Diagnosesystem der Andockluke angeschlossen.

Nog kam das wie der reinste Glücksfall vor. Wenn es ihm gelang, unbemerkt zu dem Computer zu gelangen, bekam er vielleicht Zugriff auf die Navigations-Sternkarten. In seiner Tasche befand sich ein kleiner Datenblock, den er sich aus dem Büro seines Onkels Quark geborgt hatte.

Nog entfernte das Gitter vorsichtig und zog es in den Schacht. Die Leichtigkeit, mit der er diese Aufgabe bewältigte, verriet Jake, daß sein Ferengi-Freund so etwas nicht zum erstenmal tat.

Leise schlüpfte Nog aus dem Schacht in die Andockluke und verbarg sich hinter einigen Kisten. Er drehte sich um und winkte Jake zu, ihm zu folgen. Dann verschwand der junge Ferengi leise in den Schatten.

Als Jake sich aus der Schachtöffnung auf den harten Boden hinabließ, fragte er sich, wieso er sich zu dieser Sache hatte überreden lassen. Es wäre das Einfachste auf der Welt gewesen, Nog die Schuld zuzuschieben, aber er wußte, daß ein Betrüger in Wirklichkeit nur jemanden betrügen konnte, der betrogen werden wollte. Jake hatte das Fjori-Schiff unbedingt besuchen wollen, und Nog hatte ihm eine bequeme Entschuldigung verschafft.

Jake tat ein paar Schritte, hielt sich dabei in den Schatten und blieb dann stehen. Er wußte nicht genau, was er jetzt tun sollte. Zu dem ersten Fjori gehen, der ihm über den Weg lief, und sich vorstellen? *Na ja,* fragte er sich, *warum nicht?*

Jake berührte die ausgebeulte Stelle seiner Tasche, in der er die Kristalle verstaut hatte. Schließlich war er aus gutem Grund hier.

Doch bevor er noch einen Schritt tun konnte, spürte er, daß sich etwas Kaltes und Scharfes in seinen Nakken bohrte.

»Rühr dich ja nicht vom Fleck, *Gajo.*«

3

Jake stand wie erstarrt da, eine Ewigkeit lang, den Eindruck hatte er zumindest. Die Spitze des kalten und scharfen Gegenstands drückte sich noch immer in die Haut seines Nackens. Schließlich fuhr die Stimme hinter ihm fort: »Was hast du hier zu suchen, *Gajo?*«

»Äh …« Jakes Hals war trocken, und es fiel ihm nicht leicht, Worte über die Lippen zu bringen. »Wir wollten nur … äh … nur etwas zurückgeben.«

»Was könnt ihr denn schon haben, das den Fjori gehört?«

Jake griff in seine Tasche. Die Spitze drückte fester gegen seine Haut, bohrte sich fast hinein. »Autsch! He, ich wollte es Ihnen nur zeigen!«

»Aber ganz langsam.«

Jake tat wie geheißen und zog den Beutel sehr, sehr vorsichtig heraus. Dann öffnete er die Hand, damit derjenige, der hinter ihm stand, ihn sehen konnte.

»Aufmachen«, befahl die Stimme.

Ganz langsam, um seinen Häscher nicht mißtrauisch zu machen, gehorchte Jake. Er öffnete den Beutel und kippte die drei Wolkenkristalle auf seine linke Handfläche.

»Woher hast du die?«

»Jemand hat sie in Quarks Bar vergessen. Ich wollte sie nur zurückgeben.«

Eine Hand zuckte vor und nahm Jake die Kristalle schnell ab. »Warum hast du sie nicht behalten?«

»Weil sie mir nicht gehören. Es wäre Diebstahl, sie einfach zu behalten.«

»Das ist eine dumme Antwort... aber irgendwie hört sie sich ehrlich an.« Die Spitze wurde von Jakes Nacken zurückgezogen. »Du kannst dich umdrehen.«

Jake schaute langsam über die Schulter zurück. Er wußte nicht genau, wen zu sehen er erwartet hatte, aber ganz bestimmt nicht die Person, die hinter ihm stand und ein schmales, silbernes Messer in der Hand hielt.

»Ich heiße Vija.« Sie war in seinem Alter, vielleicht ein Jahr jünger oder älter. Bei Mädchen war das schwer zu schätzen. Ihr bernsteinfarbenes Haar war kurz geschnitten, mindestens so kurz wie das seine. Sie war nicht wunderschön, wie ein Dabomädchen, aber attraktiv wie eine frische Brise an einem warmen Sommernachmittag. Sie trug eine der weiten, bequem sitzenden Jacken, wie sie bei den Fjori üblich waren, doch Jake sah trotzdem, daß sie schlank und athletisch war.

»Du bist ein Mädchen.« Die Worte kamen ganz unwillkürlich über Jakes Lippen. Es war ihm peinlich, daß er sich von einem Mädchen einen solchen Schreck hatte einjagen lassen.

Vija hielt das Messer hoch und lächelte. »Diese Waffe ist in meinen Händen genauso tödlich wie in denen eines männlichen Fjori. Es ist keine Schande, Angst zu haben.«

»Ich hatte keine Angst«, protestierte er. Dann hielt er inne und gestand schließlich ein: »Na schön, ich hatte doch Angst.«

»Ich hätte auch Angst gehabt.« Vija steckte das Messer zurück in die Scheide unter ihrer Jacke und hielt die Hand mit den Wolkenkristallen hoch. »Aber wie bist du an die herangekommen?«

Jake faßte die Ereignisse in Quarks Bar schnell zusammen. Den Austausch, den der junge Fjori versucht hatte, wollte er auslassen, doch Vija war klar, daß es sich um einen Betrugsversuch handelte. »Kala«, sagte sie. »Er hätte es besser wissen sollen. Das könnte uns eine Menge Schwierigkeiten auf der Station einbrocken.«

Jake gab ihr den Beutel und sah zu, wie sie die Kristalle wieder hineinrollen ließ. Er bemerkte, daß ihre Augen smaragdgrün waren. »Ich werde mit meinem Vater sprechen. Ihm erklären, daß alles nur ein Mißverständnis war.«

»Mit deinem Vater?«

»Commander Sisko. Er leitet *Deep Space Nine*. Ich bin Jake Sisko.« Er streckte eine Hand aus.

Vija ergriff sie und drückte sie fest. »Freut mich, dich kennenzulernen, Jake Sisko. Ich bin Captain Vardks Tochter.« Sie trat einen Schritt zurück und musterte ihn. »Du bist hier auf der Station eine wichtige Person?«

Jake errötete. »Eigentlich nicht. Ich bin nur ein Kind. Genau wie du.«

Einen Moment lang blitzte Zorn in Vijas Augen auf, dann legte er sich wieder. »Nenne einen Fjori niemals so. Selbst der jüngste von uns mag es nicht, wenn man ihn als Kind bezeichnet.«

»Ich werde daran denken.«

»Das glaube ich dir.« Sie lächelte, und Jake spürte, daß er eine Art von Initiationsritus absolviert und bestanden hatte.

Vija steckte den Beutel mit den Kristallen unter ihre Jacke. »Komm. Geben wir sie Kala zurück.«

Plötzlich durchfuhr Jake glühend heiß der Gedanke, daß er Nog völlig vergessen hatte. Wo war sein Freund geblieben?

»Ein Eindringling!« Der Ruf kam aus der Richtung

des Raumschiffs der Fjori. Jake war klar, daß es sich um Nog handeln mußte. Er drehte sich um und sah, daß Vija bereits zur Quelle des Aufruhrs lief.

Obwohl dies die ideale Gelegenheit war, zu verschwinden, konnte Jake seinen Freund nicht einfach im Stich lassen, wenngleich ihm klar war, daß die ungestüme Handlungsweise des Ferengi sie beide in große Schwierigkeiten bringen konnte.

Als Jake den Schauplatz erreichte, sah er, daß Nog sich im Griff eines Fjori-Technikers wand, der überdies noch das rechte Ohr des jungen Ferengi festhielt. Mehrere andere Fjori waren von dem Warnruf herbeigelockt worden und hatten sich vor dem Diagnosegerät versammelt. Der junge Fjori, den Jake in Quarks Bar gesehen und den Vija Kala genannt hatte, zwang gerade ziemlich unsanft etwas aus Nogs Hand.

»Das ist ein Minicomputer. Der Ferengi wollte unsere Sternkarten stehlen.«

Genau das war eingetroffen, was Jake befürchtet hatte. Nog war auf frischer Tat ertappt worden, als er versuchte, Daten aus dem Navigationscomputer der Fjori zu kopieren. Er hatte nicht die geringste Ahnung, wie sein Freund sich da herauswinden wollte.

In diesem Augenblick bemerkte Kala im Hintergrund Jake und zeigte auf ihn. »Da ist noch einer. Schnappt ihn euch!«

Zwei Fjori traten vor, doch Vija stellte sich zwischen sie und Jake. »Wartet. Er ist ein Freund.«

»Ein Freund?« fauchte Kala. »Er ist keiner von uns. Was hat er hier zu suchen?«

Vija hielt den Beutel hoch. »Er hat etwas zurückgebracht, das du verloren hast.«

Verblüfft holte Kala den Beutel hervor, den er in Quarks Bar eingesteckt hatte, öffnete ihn und ent-

hüllte wertlose Glasperlen. Wütend zeigte er auf Jake. »Er hat meine Kristalle gestohlen.«

»Und warum macht er sich dann die Mühe, sie dir zurückzubringen?« erwiderte Vija.

»Eine gute Frage.«

Jake erkannte die befehlsgewohnte Stimme des Captains der *Orak*. Jrl Vardk trat aus der Luftschleuse in die Andockluke, und die anderen Fjori wichen respektvoll zur Seite. Er nahm Kala beide Beutel ab, ohne daß der Junge protestierte, und untersuchte ihren Inhalt.

»Man mißtraut den Fjori schon genug, ohne daß du den Leuten einen weiteren Grund lieferst, unsere Absichten in Zweifel zu ziehen.« Vardk steckte die beiden Beutel ein. »Ich werde sie dir zurückgeben, sobald wir wieder im Weltraum sind.«

»Jawohl, Captain.« Kala trat demütig beiseite, als Vardk zu Jake ging.

»Wir sehen uns also wieder, junger Sisko. Ich danke dir, daß du zurückgebracht hast, was Kala … äh … verlegt hat.«

»Ich habe sie auch zurückgebracht.« Nog ergriff die Gelegenheit, um sich von dem Fjori loszureißen, der ihn festhielt, und zu Jake zu laufen.

»Er hat versucht, unsere Sternkarten zu stehlen«, beharrte der Fjori-Techniker.

»Das stimmt, Captain. Er hat versucht, sich hiermit in unseren Computer einzuklinken.« Kala gab Vardk den Minicomputer des Ferengi.

Der Captain gab das Gerät dem Techniker. »Hat der Junge Zugriff auf irgend etwas bekommen?«

Der Techniker untersuchte das Gerät und nahm einige Einstellungen vor. »Ich glaube nicht.«

Vardk wandte sich an Nog. »Ist in diesem Computer etwas Wichtiges gespeichert?«

Der Ferengi zögerte. Jake stieß ihn in die Rippen. »Sag die Wahrheit, Nog.«

»Nein, Sir«, sagte Nog.

Vardk drehte sich zu dem Techniker um. »Lösche den Speicher. Sorge dafür, daß man wirklich nichts zurückholen kann.«

»Aye, Captain. Und dann?«

»Dann gibst du das Gerät dem Jungen zurück.«

Kala wollte etwas sagen, überlegte es sich dann aber anders und hielt die Klappe. Doch ein anderer Fjori, ein grimmig dreinschauender Mann mit stahlgrauem Haar und einer schmalen Narbe auf der Wange, trat vor. »Darf ich sprechen, Captain?«

»Was gibt es, Trax?«

»Der Ferengi hat die Bildschirme gesehen. Er ist ein Außenstehender und muß nach dem Gesetz der Fjori verurteilt werden.«

»Ich habe nichts gesehen«, protestierte Nog.

»Das stimmt wahrscheinlich«, sagte der Techniker, als er Vardk den Minicomputer zurückgab, der ihn wiederum an Nog weiterreichte.

»Wir dürfen kein Risiko eingehen«, führte Trax aus. »Die Gesetze der Fjori sind in dieser Hinsicht eindeutig.«

»Ja, das sind sie.« Vardk dachte kurz nach. »Aber wir befinden uns in bajoranischem Territorium und auf einer von der Föderation geführten Raumstation. Anscheinend haben wir hier ein diplomatisches Problem.« Vardk fuhr mit den Fingern durch seinen dichten Bart, musterte Jake und Nog und faßte dann einen Entschluß.

Keine zwei Stunden später fand im Ops eine Konferenz statt. Major Kira repräsentierte die bajoranische Regierung, und Commander Sisko sprach für die Föderation. Odo war als Sicherheitschef der Station anwesend.

Captain Vardk beschrieb die Situation, während Jake und Nog neben Kala in einer Ecke des Büros des Commanders standen.

Als Vardk fertig war, legte er einen halben Barren in Gold gepreßtes Latinum auf den Schreibtisch. »Das müßte die Verluste des Bulgani-Minenarbeiters ausgleichen.«

»Sie sind sehr großzügig, Captain Vardk«, sagte Sisko.

Vardk warf Kala einen Blick zu. »Wir werden die Summe von Kalas Anteil am Gewinn der Reise abziehen. Ich hoffe, daß diese Lektion sich als nützlich erweisen wird.«

Jake schaute zufällig zu Kala hinüber und wurde mit einem eisigen Blick bedacht. Es war klar, daß der Fjori ihn und Nog für seine Schwierigkeiten verantwortlich machte.

»Was ist mit den beiden da?« Commander Sisko nickte zu Jake und Nog hinüber, und obwohl er sie nicht so wütend wie Kala anfunkelte, war klar, daß er nicht allzu begeistert über ihr Verhalten war. Jake hatte diesen strengen Ausdruck schon öfter gesehen und wußte, daß er Ärger nach sich zog.

»Sie haben keinen Schaden angerichtet«, sagte Vardk. »Ich kann die Neugier der Jungs verstehen.«

»Aber Andockplatz sieben war abgesperrt«, hielt Odo dagegen. »Und die beiden sind alt genug, um sich an die Regeln zu halten.«

»Allerdings«, pflichtete Sisko ihm bei. »Auch wenn Jake nur die Kristalle zurückgeben wollte ... das hätte er Odo überlassen sollen. Ich werde dafür sorgen, daß er und Nog eine entsprechende Strafe bekommen.«

Kira stand auf und streckte sich. »Dann ist ja alles klar.«

»Ja«, sagte Sisko.

Captain Vardk erhob sich ebenfalls. »Unsere Reparaturen sind abgeschlossen, und wir werden *Deep Space Nine* noch in dieser Stunde verlassen. Damit sind weitere Zwischenfälle ausgeschlossen.«

»Ich hoffe, daß bei Ihrem nächsten Besuch hier nicht schon wieder eine diplomatische Konferenz einberufen werden muß«, sagte Sisko, als er sich erhob, um dem Captain der Fjori die Hand zu schütteln. Dann schaute er zu Jake und Nog hinüber. »Ich möchte euch beide in einer halben Stunde in meinem Quartier sehen.«

»Ja, Sir«, sagte Jake und stieß Nog an. Sie verließen den Raum.

Als sie den Hauptbereich des Ops betraten, gesellte Kira sich zu ihnen. »Ich möchte euch einen guten Rat geben«, flüsterte sie. Sowohl Jake als auch Nog bewunderten den bajoranischen Major, und jeder Ratschlag, den sie ihnen gab, war es wert, befolgt zu werden. »Seid vorsichtig. Die Fjori sind ein sehr verschlossenes Volk. Captain Vardk legt ein paar Gesetze sehr großzügig aus, indem er euch laufen läßt.«

»Ich schwöre, ich habe ihre Sternkarten nicht gesehen«, sagte Nog, wobei er allerdings nicht erwähnte, daß es durchaus seine Absicht gewesen war, Einblick in sie zu nehmen.

»Vielleicht nicht, aber die Fjori wissen das nicht genau. Sie werden ihrem Captain zwar nicht öffentlich den Gehorsam verweigern, aber ich schlage vor, daß ihr beide euch sehr bedeckt haltet, bis die *Orak* *Deep Space Nine* verlassen hat.«

In diesem Augenblick kamen Captain Vardk und Kala aus Commander Siskos Büro. Der wütende Blick, den der junge Fjori Jake und Nog im Vorbeigehen zuwarf, bestätigte Major Kiras Worte eindrucksvoll.

Auf der Promenade herrschte kaum noch Betrieb. Jake und Nog gingen langsam weiter und blieben immer wieder vor einzelnen Geschäften stehen, während sie auf den Habitatring zuhielten, in dem sich das Quartier der Siskos befand. Sie wollten zwar nicht zu spät kommen, sich ihre Strafe aber auch nicht vor der vereinbarten Zeit abholen.

»Was wird er uns wohl aufbrummen?« fragte Nog.

Jake zuckte mit den Schultern. »Was auch immer, ich garantiere dir, es wird uns nicht besonders gut gefallen«, erwiderte er. »Es ist schon schlimm genug, daß er der Commander ist, aber er wird auch noch glauben, unbedingt den strengen Vater spielen zu müssen. Und dann wird es besonders schlimm.«

»Du bist sein Sohn. Mit dir wird er wahrscheinlich nicht so hart umspringen.«

»So funktioniert das bei den Menschen nicht, Nog. Je enger man mit jemandem verwandt ist, desto härter die Strafe.«

Nog wollte erwidern, wie froh er sei, ein Ferengi zu sein, doch die Worte blieben ihm plötzlich im Hals stecken. Er zeigte über Jakes rechte Schulter auf etwas. »Ich glaube, wir kriegen Ärger«, brachte er schließlich hervor.

Jake wollte sich umdrehen, aber Nog hielt ihn fest. »Sieh nicht hin.«

»Was ist denn los?«

»Der Fjori mit der Narbe.« Sie standen vor einem bajoranischen Modegeschäft. Nog zeigte auf den Holospiegel in der Mitte des Ladens. »Tu einfach so, als würdest du dir die Klamotten ansehen.«

Jake trat vor, damit er in den Holospiegel schauen konnte. Am Bildrand konnte er die Spiegelbilder des Mannes namens Trax und einer weiteren Gestalt in der traditionellen Kleidung der Fjori ausmachen. »Ich glaube, sie verfolgen uns.«

»Was wollen sie denn von uns?«

»Das möchte ich lieber nicht herausfinden.«

Jake sah, daß das Spiegelbild der beiden Fjori größer wurde. Sie näherten sich den Jungen. »Ich glaube, sie wissen, daß wir sie gesehen haben.«

Nog packte Jake am Arm und zog ihn zu einem der Wartungsgänge. »Wir nehmen eine Abkürzung zu eurem Quartier.«

Jake war sich nicht so sicher. »Vielleicht sollten wir lieber den Turbolift nehmen.« Doch als er bemerkte, daß Trax und der andere Fjori auf sie zuliefen, überlegte er es sich anders und folgte Nog.

Es war dunkel in dem Gang. Er lag auch ein gutes Stück von den häufig benutzten Sektionen der Station entfernt. Jake wußte, falls die beiden Fjori sie hier schnappen sollten, bestand kaum Aussicht, daß ein zufällig vorbeikommender Passant ihnen half.

»Ganz ruhig«, sagte Nog, der Jake ein gutes Stück voraus war. »Ich weiß, was ich tue.«

Jake konnte es nur hoffen. Er schaute zurück und sah, daß die beiden Fjori hinter ihnen den Gang betreten hatten. Als die Jungs dann um eine scharfe Kurve liefen, sah Jake plötzlich seine schlimmsten Befürchtungen bestätigt. Direkt vor ihnen versperrte ein verschlossenes Tor den Weg. »Tolle Abkürzung«, sagte Jake.

»Vertrau mir«, erwiderte Nog und trat vor das Schloß. Er gab schnell einen Code ein, und das Gitter glitt sofort zur Seite.

»Mein Onkel Quark hat mir diesen Weg gezeigt. Er kennt vierundachtzig Abkürzungen für Notfälle.« Als die Öffnung breit genug war, zwängte Nog sich hindurch. Jake folgte ihm auf dem Fuße.

Während die sich nähernden Schritte immer lauter wurden, gab Nog einen zweiten Code ein. Das Tor schloß sich wieder. Aber Jake hatte den Eindruck, daß es viel zu lange dauerte. Als Trax und der andere Fjori dann um die Ecke stürmten, glitt das Tor zu und verriegelte sich wieder selbständig. Sie waren in Sicherheit – oder würden es zumindest sein, sobald sie Jakes Quartier erreicht hatten.

Wozu sie nur drei Minuten benötigten, denn sie rannten, als sei der Teufel hinter ihnen her. Völlig außer Atem, drückte Jake die Handfläche gegen das Öffnungspaneel. Die Tür glitt auf.

Jake und Nog traten hinein. Es war dunkel im Quartier der Siskos. »Licht an«, befahl Jake dem Computer.

Noch während die Lampen aufleuchteten, hörte Jake ein tiefes Räuspern hinter sich. »Das ist überflüssig«, sagte eine Stimme. »Ihr beide bleibt nicht hier.«

Diese Stimme war das letzte, woran die beiden sich für lange Zeit erinnerten.

4

Commander Sisko brauchte länger als die vorgesehene halbe Stunde, bis er sich zu seinem Quartier begeben konnte. Ein Wartungsnotfall hatte ihn über eine Stunde lang im Ops aufgehalten. Als Chief O'Brien dem Problem schließlich auf den Grund gegangen war, stellte es sich als falscher Alarm heraus.

Was an sich schon sehr seltsam war. Auf *Deep Space Nine* war Vandalismus so gut wie unbekannt. Keineswegs deshalb, weil die Bewohner der Basis sich weniger zu Unfug hinreißen ließen als andere Leute, sondern weil wegen der räumlichen Enge an Bord einer Raumstation die Gefahr, erwischt zu werden, viel größer war als auf einem Planeten.

Noch seltsamer war, daß Jake und Nog nicht auf ihn warteten, als er sein Quartier betrat. Er fragte sich, ob Jake wegen der Verspätung vielleicht zum Ops zurückgegangen war, um ihn zu suchen, und berührte seinen Insignienkommunikator. »Sisko an Major Kira. Sind Jake und Nog im Ops?«

»Nein«, erwiderte Kira. »Sie haben sich hier nicht mehr blicken lassen.«

Benjamin Sisko machte sich allmählich Sorgen. Ob er sich nun verspätet hatte oder nicht, Jake hätte hier auf ihn warten müssen. Aber da der Commander seinem Sohn eine Miniaturausgabe des üblichen Insignienkommunikators von Starfleet gegeben hatte, der Jakes persönlichen Code enthielt, dürfte es kein Problem sein, ihn zu finden.

»Stellen Sie fest, wo Jake ist«, sagte Sisko zu Kira.

Es folgte ein langes Schweigen, und dann erwiderte der Major: »Dem Computer zufolge hält er sich in Ihrem Quartier auf.«

»Aber das ist …« Sisko hatte ›unmöglich‹ sagen wollen, doch in diesem Augenblick schaute er zu Boden – und sah Jakes Starfleet-Kommunikator, der dort lag.

Sisko bückte sich und hob ihn auf. Irgend etwas stimmte hier nicht. Jake hätte den Insignienkommunikator nicht einfach abgelegt, zumindest nicht freiwillig. Schnell ging er im Geiste die Möglichkeiten durch.

»Major«, bellte er dann in seinen Kommunikator, »verhindern Sie, daß das Schiff der Fjori die Station verläßt. Ich bin unterwegs zum Andockplatz sieben. Sicherheitschef Odo soll mich dort treffen …«

»Commander«, unterbrach Kira ihn, »ich kann die *Orak* nicht aufhalten.«

»Sie haben meine Befugnis. Ich übernehme die volle Verantwortung.«

»Nein, Sie verstehen mich falsch. Das Schiff der Fjori hat *Deep Space Nine* bereits verlassen.« Sie hielt inne, überprüfte offensichtlich etwas am Computer und fügte dann hinzu: »Die *Orak* ist vor zwanzig Minuten durch das Wurmloch in den Gamma-Quadranten geflogen.«

Sisko drehte Jakes Kommunikator zwischen den Fingern. Er hatte das schreckliche Gefühl, genau zu wissen, wo sein Sohn war.

Womit er mehr wußte als Jake in diesem Augenblick. Flüssige Schwärze umgab ihn. Jake kam sich vor, als schwimme er durch einen dunklen Ozean. Seine Lungen drohten zu bersten.

Als sich bei ihm die Überzeugung einstellte, er würde die Oberfläche niemals erreichen, nahm er plötzlich Licht wahr. Jake öffnete die Augen. Er hatte geschlafen, und nun war er wach.

Aber warum hatte er geschlafen? Und wo war er?

»Wir sind entführt worden.« Nog rieb langsam seine Ohren, um die Blutzirkulation in ihnen wieder in Gang zu bringen.

»Jemand war in unserem Quartier.« Allmählich fiel es Jake wieder ein. Er hatte hinter sich eine Stimme gehört. Dann einen kalten Nebel gespürt. »Das ist das letzte, woran ich mich erinnere.«

»Sensi-Schlafspray«, erklärte Nog. »Schnell und sehr wirksam. Onkel Quark bewahrt für Notfälle etwas davon hinter dem Bartresen auf.«

»Aber wo sind wir?« Jake schaute sich um. Von der Decke schien ein schwaches gelbes Leuchten auszugehen. Er konnte kaum etwas genau erkennen und war noch immer ein wenig benommen. Es dauerte noch eine Minute, bis er sich besser zurechtfand.

»Wir sind in einer Art Lagerraum«, sagte Jake, als er die zahlreichen Kisten sah, die von Magnetstreifen an Ort und Stelle gehalten wurden. »Wir könnten überall auf der Station sein.«

»Schau lieber mal hinaus.« Nog zeigte auf ein kleines Bullauge in der Wand.

Jake ging hinüber und tat wie geheißen. »Das ist nicht das Bajorsystem. Es ist ...«

»Der Gamma-Quadrant«, beendete Nog den Satz. »Wir sind auf der anderen Seite des Wurmlochs.«

»Wir sind tatsächlich entführt worden. Wir müssen auf der *Orak* sein.« Nun bemerkte Jake, daß der Insignienkommunikator, den sein Vater ihm gegeben hatte, nicht mehr an seiner Jacke haftete. Wie sollte man ihn jetzt noch finden können? »Nog, wir müssen hier raus!«

»Selbst wenn wir fliehen könnten, wäre es ein langer Marsch zurück nach *Deep Space Nine*.«

Commander Sisko hatte eine Dringlichkeitskonferenz einberufen, um zu beratschlagen, welche Schritte ihnen offenstanden. Odo bestätigte, was alle bereits wußten. »Jake und Nog sind nicht auf der Station.«

»Und das heißt?« fragte Chief O'Brien.

»Daß sie an Bord der *Orak* sind«, erwiderte Lieutenant Dax. »Lediglich dieses Schiff hat die Station verlassen, nachdem die Jungs verschwunden sind.«

»Und was unternehmen wir nun?« fragte Dr. Bashir.

»Wir verfolgen sie natürlich«, sagte Kira.

Commander Sisko, der während des gesamten Gesprächs den Tisch des Ops angestarrt hatte, ergriff endlich das Wort. »Nein. Wir warten ab.«

»Commander«, sagte Kira, »Jake ist Ihr Sohn. Wir müssen ihn und Nog suchen.«

»Glauben Sie etwa, das wollte ich nicht?« fauchte Sisko. »Aber wie wollen wir die *Orak* finden? Ein einzelnes Schiff der Fjori, das durch einen unerforschten Quadranten fliegt ... Wir wissen doch gar nicht, wo wir mit der Suche anfangen sollen.«

Dax streckte eine Hand aus und berührte sanft Siskos Finger. »Was sollen wir also tun, Benjamin?«

»Wir haben Handelsvorposten im Gamma-Quadranten. Einige davon müssen mit den Fjori Geschäfte machen. Hören Sie sich dort um. Tragen Sie Informationen zusammen.«

»Wir fangen sofort damit an, Benjamin«, sagte Dax; sie und die anderen erhoben sich vom Tisch.

»Odo«, rief Sisko dem Sicherheitschef der Station hinterher.

Der Gestaltwandler blieb stehen und drehte sich um.

»Sprechen Sie mit Quark. Wenn jemand weiß, wie wir die Fjori finden können, dann ein Ferengi.«

Während die *Orak* ihren Flug fortsetzte und jede verstreichende Zeiteinheit sie weiter weg von *Deep Space Nine* brachte, versuchten Jake und Nog, ihre Lage zu überdenken.

»Captain Vardk hätte so etwas bestimmt nicht gebilligt.« Da war Jake sich ganz sicher.

»Er ist ein Fjori«, erwiderte Nog, als erklärte das alles.

»Wahrscheinlich weiß er gar nicht, daß wir entführt worden sind.« Jake war der Ansicht, daß es nur so sein konnte. »Wenn wir unser Ziel erreicht haben, wird er uns wieder zurückschicken.«

»Verlaß dich nicht darauf. Wir sind im Territorium der Fjori, und hier gelten deren Gesetze. Wir könnten in ernsten Schwierigkeiten stecken.«

Jake wollte etwas sagen, überlegte es sich dann aber

anders. Vielleicht war es Nogs Schuld, daß sie in dieser Klemme steckten, doch jetzt war nicht der geeignete Zeitpunkt, sich gegenseitig Vorwürfe zu machen. Wenn sie je wieder nach Hause zurückkehren wollten, mußten sie zusammenarbeiten.

Nog setzte sich vor eine schwarze Kiste, die in einer Ecke stand. »Sie haben uns einen ziemlich primitiven Replikator zur Verfügung gestellt. Wenigstens wollen sie uns nicht verhungern lassen.«

»Nein, aber das könnte andererseits bedeuten, daß wir eine Weile hier bleiben müssen.« Jake schaute durch das Bullauge zu den unbekannten Sternbildern des Gamma-Quadranten hinaus. »Wohin auch immer wir fliegen, wir sind weit weg von zu Hause.«

5

Die *Orak* raste weiterhin durch die lange, kalte Nacht des Weltraums. In weiter Ferne erlosch ein Stern des Gamma-Quadranten nach dem anderen wie eine Kerze im Wind.

Jake schaute aus dem kleinen Bullauge. Es hatte den Anschein, als würde die *Orak* in den Schlund eines riesigen Schwarzen Lochs gesogen werden. Sie waren nicht nur Gefangene im Bauch dieses Metallwals, sondern wußten nicht mal, wo sie sich befanden. Einen Augenblick lang verspürte Jake tief im Bauch das schreckliche Gefühl, daß er *Deep Space Nine* oder seinen Vater nie wiedersehen würde.

Als er weiterhin in die schwarze Leere zwischen den Galaxien schaute, sah er ihn plötzlich.

Einen winzigen Lichtpunkt.

Ganz allmählich, im Verlauf von Stunden, wurde dieser Lichtpunkt immer größer, bis er zu einer Sonne geworden war. Einer einzelnen Sonne. Wie eine Insel in einem gewaltigen Meer der Leere.

Es handelte sich, davon war Jake überzeugt, um die Sonne, die der namenlosen Welt Wärme und Leben spendete, die die Fjori ihre Heimatwelt nannten.

Wie Jake erfahren würde, hatte diese Sonne in Wirklichkeit keinen Namen. Ihre Welt nannten die Fjori Ryft, was man in etwa mit ›Eden‹ oder ›Paradies‹ übersetzen konnte. Ein passender Name, denn dieser kleine Planet am Rand der Ewigkeit war wie ein Garten inmitten der großen Wüste des schwarzen Weltraums.

Zu diesem Augenblick suchte auf einer anderen Welt, einer metallenen namens *Deep Space Nine*, Sicherheitschef Odo einen Ort auf, den er zutiefst verachtete. Er hatte nie das Bedürfnis anderer Wesen verstanden, sich in engen Räumen zusammenzudrängen, ungesunde Flüssigkeiten zu absorbieren und bei Spielen mitzuwirken, bei denen man einfach verlieren mußte.

Quark hingegen hatte großes Verständnis dafür. Dieser Drang sorgte dafür, daß er ein sehr angenehmes Leben führen konnte. Und er verabscheute alles, was das natürliche Gewinnstreben der Ferengi störte. »Natürlich vermisse ich Nog.« Quark sah seinen Neffen als lebendes Inventar, ja fast schon als Eigentum an. Im Gegensatz zu Rom, Nogs Vater und Quarks Bruder, war Nog fleißig und klug.

»Dann helfen Sie mir, ihn zu finden«, sagte Odo.

»Die Fjori und die Ferengi sind nicht gerade die besten Freunde«, fuhr Quark fort.

»Und genau deshalb wissen die Ferengi wahrscheinlich mehr über sie als irgendeine andere Spezies. Besagt eine Erwerbsregel der Ferengi nicht, daß man die Konkurrenz immer genau kennen sollte?«

»Regel 218. Aber die Ferengi sehen die Fjori nicht als Konkurrenz an.«

»Wahrscheinlich, weil die Fjori eher ehrlichen Handel treiben.«

»Das ist eine ihrer Schwächen.«

»Ihrer Auffassung zufolge bestimmt, Quark. Aber ich bin nicht hier, um über die Philosophie der Ferengi zu diskutieren. Ich will ...«

»... herausfinden, wohin die *Orak* geflogen ist«, beendete Quark den Satz. »Leider gibt es ein Geheimnis, das die Fjori mit großem Geschick bewahren.«

»Und das wäre?«

»Die Position ihrer Heimatwelt. Und die ist das Ziel der *Orak*.«

In diesem Augenblick näherte sich, Zehntausende von Lichtjahren vom Alpha-Quadranten entfernt, ja sogar abseits aller üblichen Routen des Gamma-Quadranten, die *Orak* dem Planeten Eden, der als einzige Welt seine einsame Sonne umkreiste.

»Wir landen tatsächlich auf dem Planeten!« Jake war erstaunt, daß die Fjori keine Transporter benutzten, um sich einfach auf die Oberfläche zu beamen. »Mit einem Raumschiff auf einem Planeten zu landen, das ist doch ... na ja, einfach archaisch.«

»Archaisch?«

»Das bedeutet altmodisch. Als würde man seine Mahlzeiten kochen, statt einen Replikator zu programmieren.«

Nog warf einen Blick zu dem primitiven Replikator hinüber, aus dem sie sich in den vergangenen drei Tagen hatten versorgen müssen. »Dem Zustand ihrer Replikatoren nach zu urteilen, kochen sie wahrscheinlich auch noch.«

Jake schaute durch das Bullauge auf die Landschaft hinaus. Hier, auf dieser Seite des Planeten, schien gerade der Morgen angebrochen zu sein, doch ein schwerer, grauer Nebel verhinderte, daß man allzuviel von dem erkennen konnte, was sich da draußen befand. Er drehte sich um und betrachtete die Tür. »Vielleicht lassen sie uns jetzt hier raus.«

Wie auf ein Stichwort hörte Jake den Schloßmechanismus surren, und die Tür glitt langsam auf. Nach einem erwartungsvollen Augenblick kam Trax, der Fjori-Maat, in den Raum.

»Endstation. Hier steigt ihr aus«, sagte er schroff.

»Damit werden Sie nicht durchkommen«, sagte

Jake. »Mein Vater ist der Commander von *Deep Space Nine*, ein Starfleet-Offizier, und …«

»… und hat nicht die geringste Ahnung, wo ihr seid oder wo er zu suchen anfangen soll.« Trax lächelte mit grimmiger Zufriedenheit. »Ihr seid auf dem Planeten Eden im Territorium der Fjori. Hier gelten unsere Gesetze, nicht die der Föderation.«

Trax sah Jake an, trat einen Schritt vor und blieb dann stehen. »Wo ist der andere?«

Jake wußte nicht, was er meinte, bis er sich umschaute und feststellte, daß Nog nirgendwo zu sehen war.

Trax' Lächeln verblich, und er hob drohend einen Arm. »Sag mir, wo der Ferengi ist.«

»Genau hinter Ihnen.«

Trax drehte sich um – und in diesem Augenblick wurden die Magnetstreifen gelöst, die die Frachtkisten an Ort und Stelle hielten, und ein Dutzend schwere Kisten riß sich los und fiel auf ihn.

Nog, der sich auf einem anderen Kistenstapel versteckt hatte, sprang herab. »Verschwinden wir von hier!« rief er Jake zu.

Jake schaute zu Trax hinüber, der halb unter dem Stapel Kisten begraben lag. Nog packte ihn am Arm und zerrte ihn zur Tür. »Wenn er aufwacht, wird ihm gewaltig der Schädel brummen. Und uns kurz darauf ebenfalls, wenn wir dann noch hier sind.«

Nog eilte durch die Tür, und Jake folgte ihm auf dem Fuße. Sie traten in einen schmalen Gang.

»Wo entlang?« fragte Jake. Dann hörten sie an einem Ende des Korridors schwere Schritte.

»Nicht da lang«, sprach Nog das Offensichtliche aus, und die beiden Jungs drehten sich um und liefen in die entgegengesetzte Richtung. Sie hörten, daß die Schritte innehielten, wahrscheinlich an der Tür des Frachtraums, in dem sie gefangengehalten worden waren, und vernahmen wütendes Geschrei. Dann lief die Person schnell auf sie zu.

Es sieht nicht gut aus, dachte Jake. *Wir sind auf einem fremden Schiff und haben nicht die geringste Ahnung, wo der nächste Ausgang ist.*

»Hier«, flüsterte Nog, als könne er Jakes Gedanken lesen. Jake sah, daß sein Freund einen kleinen Lukendeckel geöffnet hatte und sich hindurchzwängte.

Jake war überzeugt, er würde nie durch diese Öffnung passen, doch irgendwie schaffte er es. Nog zog den Deckel schnell hinter ihnen zu. Dann blieben sie mucksmäuschenstill sitzen und hielten den Atem an, während die Schritte sich näherten und dann, ohne an ihrem Versteck innezuhalten, wieder entfernten.

»Das war knapp«, flüsterte Jake, als er wieder zu atmen wagte.

»Und was machen wir jetzt?« fragte Nog. »Nachdem sie unsere Flucht bemerkt haben, werden sie im ganzen Schiff Alarm schlagen.«

»Das glaube ich nicht«, erwiderte Jake. Er hatte lange über ihre Situation nachgedacht, und der Umstand, daß sie in einem Frachtraum eingesperrt worden waren, bedeutete wahrscheinlich, daß Captain Vardk nichts von ihrer Anwesenheit an Bord wußte. Schnell erklärte er Nog seine Theorie.

»Dann müssen wir uns irgendwie zum Captain durchschlagen«, verkündete der Ferengi erneut das Offensichtliche.

»Leichter gesagt als getan. Sie werden alle Wege zum Kontrolldeck blockieren. Wir können uns unmöglich an ihnen vorbeischleichen.«

»Nicht, solange wir *im* Schiff sind.« Jake betrachtete Nog, und der Ferengi führte seinen Gedankengang zu Ende. »Also müssen wir *raus.*«

Ja, das ist unsere einzige Chance, dachte Jake. Im

Schiff kannten sie sich nicht aus und waren eine leichte Beute. Draußen hingegen hatten sie vielleicht eine Chance. »Aber wie kommen wir raus?«

»He«, erwiderte Nog, »wir sind doch Partner. Ich hab dir gesagt, *was* wir tun müssen. Du mußt herausfinden, *wie* wir es am besten anstellen.«

Jake dachte über das Problem nach. Er hatte keine Ahnung vom Aufbau eines Fjori-Schiffes. Selbst wenn sie unbemerkt an ein Computerterminal herankämen, wären ihm die nötigen Zugriffcodes unbekannt. Er fragte sich, was sein Vater in solch einer Lage tun würde. Nein, dachte er dann, nicht sein Vater. »O'Brien«, sagte er.

»O'Brien?«

»Was würde O'Brien an unserer Stelle tun?«

»Keine Ahnung«, erwiderte Nog verwirrt.

»Das ist das Raumschiff einer fremden Spezies, aber es muß wie jedes andere gewartet werden. Diese Versorgungsschächte werden zur Außenhülle des Schiffs führen. Und irgendwo in dieser Außenhülle muß es eine Luftschleuse oder Frachtluken geben.«

Nog schaute den langen, dunklen Schacht entlang, der sich vor ihnen erstreckte. »Aber das Schiff ist groß. Diese Schächte müssen eine Länge von ein paar Kilometern haben. Wir könnten tagelang hier herumirren.«

Ohne sich die Mühe zu machen, seinem Freund zu antworten, kroch Jake den Gang entlang. Er war überzeugt, daß dieser Plan ihre einzige Chance war. Und er war überzeugt, daß ihre Entführer bald herausfinden würden, welchen Fluchtweg sie genommen hatten. Also mußten sie sich in Bewegung setzen.

Nog folgte ihm zögernd. Ferengi sind keine Spezies, die in schmalen, dunklen Gängen herumkriecht, wenn es sich vermeiden läßt.

Wann immer sie eine Abzweigung erreichten, entschied Jake aus dem Bauch heraus, welche Richtung sie einschlugen. Nog ging schließlich davon aus, daß sein menschlicher Freund vielleicht doch wußte, was er tat. Jake hingegen handelte rein instinktmäßig und hoffte, daß sie zumindest nicht im Kreis herumkrochen.

Nach Stunden – diesen Eindruck hatten sie zumindest – erreichten sie einen Frachthangar. »Das ist es«, flüsterte Jake Nog zu.

Sie schauten durch das Gitter und stellten fest, daß der Großteil der Fracht bereits entladen war. Das war ein Nachteil, denn nun hatten sie kaum noch Deckung. Mehrere Fjori arbeiteten in dem Raum und würden sie bemerken, bevor sie die offene Luke erreichen konnten. Nog war bereit, das Risiko einzugehen.

»Nein«, erwiderte Jake. »Die Luke ist zu weit weg. Sie würden uns schnappen. Wir brauchen eine Ablenkung.«

Während er noch überlegte, wie er für eine sorgen konnte, stellte sie sich von selbst ein.

»Sie machen Pause.« Jake spähte durch das Gitter und sah, daß ein Fjori ein Wägelchen mit Essen und Getränken in den Hangar rollte. Die Männer unterbrachen die Arbeit und eilten zu dem Neuankömmling. Das war ihre Chance – falls sie sich beeilten.

Jake versuchte, das Gitter herauszudrücken, doch es saß fest. »Ich werde es lostreten«, sagte er nach mehreren vergeblichen Versuchen zu Nog. »Die Mannschaft ißt am anderen Ende des Hangars, uns bleiben also nur ein paar Sekunden, um zum Schott zu kommen.«

»Hör auf zu reden und fang an zu treten«, erwiderte Nog ungeduldig.

Jake glitt zurück, drehte sich um und trat mit beiden Füßen nach dem Gitter. Es schepperte laut, doch das Gitter war noch an Ort und Stelle. Jake hörte überraschte Stimmen. Er trat erneut zu. Diesmal riß er das Gitter aus der Verankerung, und es fiel scheppernd zu Boden.

»Was war das?« rief jemand.

Jake schob sich durch die Öffnung. Nog folgte ihm so schnell, daß er fast auf Jake gefallen wäre.

»Eindringlinge! Schnappt sie euch!«

Jake zog Nog hoch, und sie liefen los. Ein halbes Dutzend stämmiger Mannschaftsmitglieder der Fjori rannten ihnen hinterher.

Es war knapp, doch Jake und Nog gelang es, die offene Frachtluke vor ihren Verfolgern zu erreichen. Ohne einen Gedanken daran, was sich dahinter befinden mochte, sprangen sie durch die Öffnung in den nassen, grauen Nebel.

Sie landeten auf hartem Erdboden und rollten sich ab. Überall standen bereits entladene Frachtkisten herum. Jake und Nog krochen schnell hinter einen der Stapel, und schon kamen Männer aus dem Schiff gestürmt und schauten sich hektisch um.

Die beiden Jungs hörten, wie die Fjori stritten, in welcher Richtung sie suchen sollten. Zum Glück war der Morgennebel noch immer so dicht, daß er ihnen Deckung verschaffte.

Schließlich erreichten sie den Rand des Landefelds. Der Nebel löste sich nun immer schneller auf, und sie mußten ein sicheres Versteck finden, in dem sie darüber nachdenken konnten, was sie nun tun wollten.

»Jake.«

Er erstarrte. Es war Vijas Stimme. Er drehte sich um, schaute hoch und sah, daß sie direkt vor ihm stand. Sie hob sich als Silhouette gegen die Strahlen der blutroten Sonne ab, die durch den sich auflösenden Nebel drangen. »Was tust du hier?«

Bevor er antworten konnte, trat ein großer, dunkler Schatten vor sie und verdeckte die Sonne. Jake kniff die Augen zusammen und erkannte Captain Vardk. »Das würde ich auch gern wissen«, sagte er.

6

»Meine Tochter hat dich gefragt, was du hier tust, Jake.« Vardk ragte wie ein Riese über den beiden Jungen auf. Aber er war neugierig, nicht wütend – noch nicht.

Vija kam zu ihnen hinüber. Bevor Jake erklären konnte, was mit ihnen geschehen war, tauchten aus allen Richtungen die Mannschaftsmitglieder auf, die sie verfolgt hatten, und umzingelten sie. Einer von ihnen zeigte auf Jake und Nog. »Sie haben sich im Frachthangar versteckt.«

»Blinde Passagiere«, fügte ein anderer hinzu. Sie näherten sich Jake und Nog, doch Vardk hob einen Arm, und sie blieben stehen.

»Ihr seid blinde Passagiere?« fragte der Captain Jake. Offensichtlich konnte er diese Vorstellung nur schwer akzeptieren.

»Das nicht gerade«, erwiderte Jake und wischte feuchte Erde von seiner Jacke. »Wir wurden …«

»Entführt«, warf Nog ein.

»Entführt? Von wem?«

»Von uns, Captain.« Trax tauchte hinter einem Stapel Kisten auf. Ihm folgten mehrere Fjori, darunter auch der junge Kala, der Jake mit offensichtlicher Bosheit musterte.

»Warum, Trax?« fragte Vardk. »Diese Jungs sind Bürger der Föderation. Du hast das Gesetz gebrochen.«

»Nein, Captain. Bei allem gebührenden Respekt, *Sie* haben die Gesetze der Fjori gebrochen, als Sie sie auf *Deep Space Nine* gehen ließen.«

Vardk drehte sich zu Trax und seinen Gefährten um, und seine angestaute Wut schien explodieren zu wollen. Dann lockerte seine Haltung sich etwas, doch sein Blick und seine Stimme waren noch immer so hart wie klingonischer Stahl. »Ich werde später über deine Bestrafung entscheiden, Trax. Jetzt möchte ich, daß ein Scoutschiff vorbereitet wird und innerhalb von einer Stunde startet, um die beiden durch das Wurmloch zurückzubringen.«

»Damit sind wir nicht einverstanden, Captain.« Trax hielt kurz inne, fuhr dann aber fort, bevor Vardk antworten konnte. »Sie sind nicht mehr befugt, uns irgend etwas zu sagen.«

Jake beugte sich zu Vija hinüber. »Was meint er damit? Dein Vater ist der Captain. Er hat die Befehlsgewalt.«

»Das gilt für den Weltraum«, sagte Vija. »Aber sobald wir einen Fuß auf eine Planetenoberfläche gesetzt haben, verliert der Captain die absoluten Befugnisse, die er an Bord des Schiffes hat.«

»Sie wollten, daß wir fliehen«, wurde Nog klar. »Diesen Plan hätte auch ein Ferengi aushecken können.« Ihm mochte zwar angst und bange sein, doch es lag auch ein Anflug von Bewunderung in seiner Stimme.

Trax ging zu Jake und Nog hinüber. Er zeigte auf sie, richtete seine Worte aber an den Captain. »Sie haben das Gesetz der Fjori gebrochen. Und dem Gesetz der Fjori zufolge müssen sie bestraft werden.«

»Diese Entscheidung hast nicht du zu fällen, Trax.«

»Nein, Captain. Sie aber auch nicht.« Trax schaute an Vardk vorbei und sah die Fjori an, die von dem Aufruhr angelockt worden waren. »Ich verlange einen Ratsspruch.«

Captain Vardk musterte Trax und seine Kumpane lange, dann wich die Härte in seinem Gesicht der

Resignation. »Das ist dein gutes Recht, Trax. Ich werde den Ältestenrat zusammenrufen. Er soll beim ersten Licht des neuen Morgens eine Entscheidung treffen.«

»Wir werden uns seinem Urteil unterwerfen«, sagte Trax. »Bis dahin übergeben wir die Fremdweltler Ihrem Gewahrsam.«

Trax ging davon, und seine Anhänger folgten ihm. Kala zögerte einen Augenblick lang. Er sah Jake an und schien etwas sagen zu wollen, warf Vija dann einen Blick zu, bewahrte Stillschweigen, drehte sich um und ging. Langsam, wie Blätter, die vom Wind verweht wurden, entfernten sich auch die anderen

Fjori. Schließlich befanden sich nur noch Jake, Nog, Captain Vardk und Vija auf dem Landeplatz.

»Besorge Jake und Nog eine Unterkunft«, sagte Vardk zu seiner Tochter. »Erkläre ihnen unsere Gebräuche, damit sie verstehen, was hier vorgeht.« Dann sah er Jake an. »Mit deiner Erlaubnis, junger Sisko, werde ich beim morgigen Prozeß für dich sprechen.«

»Danke«, erwiderte Jake. »Nog und ich akzeptieren.«

Vardk nickte und ging dann zum Schiff zurück.

»Was kann ich für dich tun, Jake?« fragte Vija, als ihr Vater die *Orak* wieder betreten hatte.

»Nur eins«, erwiderte Jake. »Sag mir, wie Nog und ich nach Hause zurückkehren können.«

Eine halbe Galaxis entfernt saß Benjamin Sisko allein in seinem dunklen Quartier und dachte ebenfalls über dieses Problem nach. Und zwar so konzentriert, daß der Türsummer dreimal betätigt werden mußte, bevor er ihn hörte.

»Herein.«

Die Tür glitt auf, und Wissenschaftsoffizier Jadzia Dax, die Wirtin des Trill, der schon in zwei humanoiden Wirtskörpern Sisko ein guter Freund war, kam herein. Jadzia schaute zum Tisch und dem Abendessen, das darauf stand. Benjamin hatte es nicht angerührt.

»Du mußt etwas essen«, sagte sie. Unter vier Augen duzten die beiden sich zumeist, während sie sich in Gegenwart anderer, dienstlich sozusagen, siezten.

»Ich hatte keinen Hunger.«

»Doch, den hattest du, oder du hättest dir nichts aus dem Replikator bestellt.« Sie schaute näher hin. »Zwei Gerichte?«

»Macht der Gewohnheit, schätze ich.«

Sie setzte sich neben Sisko und berührte sanft seine

Hand. »Ich möchte auch, daß er zurückkommt, Benjamin. Fast so sehr wie du.«

»Es ist nur, daß … ich fühle mich so hilflos, Dax.« Er sah in ihre Augen, machte die Weisheit zahlreicher Lebensspannen darin aus und war dankbar, daß es auf *Deep Space Nine* eine Person gab, vor der er seine Rolle als Commander aufgeben und einfach nur er selbst sein konnte. »Man hat mir meinen Sohn genommen.« Er versuchte, seine Sorgen mit Worten auszudrücken. »Und ich kann nichts tun, um ihn zurückzuholen.«

»Du tust, was du kannst, Benjamin. Mehr ist einfach nicht möglich.«

»Vielleicht sollte ich jetzt besser im Gamma-Quadranten sein – und ihn suchen.«

»Das ist Unsinn, und das weißt du auch. Der Gamma-Quadrant ist wie ein riesiger Ozean, und du würdest nach einem kleinen Ruderboot Ausschau halten. Solltest du ihn finden, wäre es ein Wunder.«

»Aber wenigstens würde ich irgend etwas tun und nicht nur diplomatische Anfragen rausschicken. Ich werfe Flaschen ins Meer und hoffe, daß sie es bis zum gegenüberliegenden Ufer schaffen.«

»Vielleicht werden sie dieses Ufer ja erreichen. Und vergiß nicht, da draußen ist jemand, der genau das tut, was du auch tun würdest, weil du ihn das gelehrt hast.« Sie sah ihn mit stiller Zuversicht an. »Vertraue darauf«, fügte sie dann hinzu, »daß Jake den Weg nach Hause finden wird.«

Auf dem Planeten Eden war Sonnenuntergang. Jake saß mit Vija und Nog auf einem kleinen Steilhang, der einen Blick auf das weitläufige Dorf bot. Eden war ein Wüstenplanet, und in der Abenddämmerung war die Luft kühl und süß vom Duft der einheimischen Kakteen. *Diese Welt ist wunderschön,* dachte Jake. Sie erinnerte ihn an das Hochland von New

Mexico auf der Erde, wo er mit seinem Vater einmal gezeltet hatte.

Unter ihnen erweckte das verschachtelte Dorf aus Sandsteinbauten einen fast mittelalterlichen Eindruck. Die Häuser scharten sich um einen gemächlich fließenden Bach, der eine breite grüne Schneise in die rotbraune Erde schnitt. Wie der Planet war auch das Dorf eine Oase inmitten einer rauhen Landschaft.

»Hier bist du aufgewachsen?« fragte Jake das Mädchen.

»Nein. Ich wurde auf der *Orak* geboren. Sie ist meine Welt. Eden ist nur der Ort, an dem die Fjori sich versammeln. Das Schiff ist meine Heimat. Für die Fjori sind ihre Raumschiffe die einzige wahre Heimat.«

»Aber jemand wohnt hier«, sagte Nog.

Vija lächelte. »Die Alten und die, die der Arbeit auf dieser Welt zugeteilt wurden.«

Jake schaute auf den Raumhafen hinaus, der sich auf einem ausgetrockneten See hinter dem Dorf ausbreitete. Außer der *Orak* reflektierten dort fünf weitere Schiffe das Licht des bernsteinfarbenen Himmels. »Wie viele Fjori gibt es überhaupt?«

»Ich bin mir nicht mal sicher, ob Urgroßmutter die Antwort darauf kennt. Wir sind die Fjori, unsere Familien leben zwischen den Sternen verstreut wie Ähren, die von den Sternenwinden davongetragen werden.«

Nog zeigte auf die Raumschiffe, die an den Versorgungsflächen auf der Planetenoberfläche angedockt hatten, ein für ihn völlig ungewohnter Anblick. »Habt ihr keine Transporter auf euren Schiffen?«

Vija lachte. »Natürlich haben wir die. Aber das ist Eden. Hier bewahren wir die alten Traditionen, selbst wenn es darum geht, Fracht zu entladen. Das ist vielleicht nicht so effizient, aber es entspricht unserem Brauch.«

»Und was wird eurer Tradition zufolge mit uns passieren?« fragte Jake.

Vija schwieg einen beträchtlichen Augenblick. »Vor langer Zeit«, sagte sie dann, »gab es einen anderen Planeten, der ebenfalls Eden hieß. Damals war er die Heimat der Fjori. Aber ein Fremder fand die geheime Position dieser Welt heraus. Eine große Raumschiffarmada kam und verlangte die Schätze, die angeblich dort versteckt waren. Aber es gab keine Schätze.«

»Und was passierte dann?«

»Weil wir ihnen verweigerten, was wir nicht hatten, ließen sie ihre Wut an Eden aus. Jedes Gebäude auf dem Planeten wurde zerstört. Jene Bewohner, die nicht ermordet wurden, wurden in die Sklaverei verkauft.«

Vija senkte den Kopf. Der Zwischenfall, von dem sie sprach, hatte sich lange vor ihrer Geburt zugetragen, lange bevor die heute lebenden Fjori geboren wurden. Es handelte sich nur um eine ferne Erinnerung, die jedoch noch hell im Bewußtsein eines jeden Fjori brannte.

»Weniger als einhundert unserer Schiffe sind entkommen. In den darauffolgenden Jahrhunderten haben wir die Flotte neu aufgebaut.« Vija sah Jake an, und ihre Augen waren kalt wie rjoranisches Eis. »Aber die Fjori haben es nie vergessen. Wir haben geschworen, daß niemand, der nicht der Familie angehört, je wieder die geheime Position dieser Welt Eden verraten darf.«

»Heißt das genau das, was ich glaube?« fragte Nog.

»Das heißt, daß dem Gesetz der Fjori zufolge keiner von euch Eden je wieder verlassen darf.«

Als am nächsten Morgen das erste Licht der blutroten Sonne, die Eden wärmte, über die Gipfel der fernen blauen Berge brach, verließen Jake und Nog die Hütte, in der sie eine rastlose Nacht verbracht hatten. Sie sahen keine Wachen, und Nog schlug vor, daß sie fliehen sollten. Jake erwiderte, die Fjori hätten es wahrscheinlich nicht nötig, sie zu bewachen, weil sie nirgendwohin fliehen konnten. Hinter der friedlichen Ruhe des Dorfs befanden sich nur die brennende Wüste und die lebensfeindlichen Berge.

»Wir hätten da draußen keine Chance«, stellte Jake fest. Nog mußte zustimmend nicken.

Als Vija sie zu dem Ort führte, an dem die Verhandlung stattfinden würde, fiel Jake auf, daß die Fjori, denen sie begegneten, weder freundlich noch unfreundlich zu ihnen waren. Sie ignorierten die beiden Fremdweltler vielmehr, als seien sie gar nicht vorhanden.

»Ihr seid für sie *Gajo*«, erklärte Vija.

»Was genau bedeutet *Gajo?*« fragte Jake.

»In ihren Augen seid ihr keine vollwertigen Wesen. Die Fjori behandeln alle Außenstehenden wie *Gajo*, wie jemanden, der nicht würdig ist.«

»Diese Einstellung wird euch nicht viele Freunde bescheren.«

»Nein. Die Fjori haben im Lauf der Jahre gelernt, niemandem zu vertrauen. Wir sind zu oft verraten worden.«

»Aber bis die Fjori gelernt haben, daß sie irgend jemandem vertrauen müssen, werden sie immer isoliert sein.«

Vija sah Jake an. »Du hast recht. Und einige von uns, hauptsächlich die Jungen, sind der Ansicht, es könnte an der Zeit sein, daß die Fjori auf andere Spezies zugehen sollten.«

Ihr Gespräch wurde unterbrochen, als sie ihr Ziel am Dorfrand erreichten, ein großes, offenes Amphitheater, das in die harte Erde gegraben worden war.

Jake sah eine Gruppe von Fjori, die er für den Ältestenrat hielt. Während Vija sie die Stufen hinabdrängte, blieben die Männer und Frauen stumm in einem Halbkreis in der Mitte der Arena sitzen.

Jake fiel auf, daß nur etwa zwei Dutzend Fjori auf den Rängen saßen. »Wir scheinen keine allzu große Aufmerksamkeit zu erregen«, sagte er.

»Sie haben nicht den geringsten Grund, neugierig zu sein«, erwiderte Vija. »Das Urteil steht so gut wie fest.«

»Warum macht ihr euch dann überhaupt noch die Mühe einer Verhandlung?« fragte Nog.

»Aus Tradition«, erklärte das Mädchen. »Außerdem ist Urgroßmutter die Ratsvorsitzende. Sie ist weise und findet vielleicht eine Möglichkeit, wie ihr nach Hause zurückkehren könnt.« Sie kniff die Augen zusammen und musterte die Ratsmitglieder. »Aber sie ist nicht hier.«

»Großmutter hat sich zu Exerzitien zurückgezogen.« Captain Vardk gesellte sich zu ihnen, als sie sich dem Rat näherten. »Wir werden bei der heutigen Sitzung auf den Vorteil ihrer Weisheit verzichten müssen.«

Das hört sich nicht gerade nach einem sehr guten Anfang an, dachte Jake bei sich.

Jakes unausgesprochene Prophezeiung sollte sich schon kurz darauf bewahrheiten. Obwohl Captain Vardk ausführte, daß ihr ›Verbrechen‹ nur durch ihre Jugend und Unkenntnis zustande gekommen war, wurde keine Ausnahme von den starren Regeln der Fjori gemacht. Die sechs Angehörigen des Ältestenrats hörten sich die Fakten an und trafen nach nur wenigen Minuten der geflüsterten Beratung ihre Entscheidung.

Jake überraschte es nicht, daß man weder ihn noch Nog zu einer Aussage aufforderte. Offensichtlich hielt man es für irrelevant, was ein *Gajo* zu sagen hatte, selbst zu seiner eigenen Entlastung.

»Es wurde festgestellt«, erklärte der Ratsvorsit-

1995

zende, »daß die beiden Fremdweltler gegen die Gesetze der Fjori verstoßen haben und dafür die entsprechende Strafe verbüßen müssen. Sie werden den Rest ihres natürlichen Lebens auf diesem Planeten verbringen. Beim Stahl des Schiffes und dem Feuer des Planeten erkläre ich die Sitzung für beendet.« Wie eine Person erhoben sich die sechs Ratsmitglieder und schickten sich an, das Amphitheater zu verlassen.

Captain Vardk legte eine Hand auf Jakes Schulter. »Es tut mir leid, Junge«, flüsterte er ihm ins Ohr. »Ich hatte befürchtet, daß es dazu kommen würde.«

»Können Sie nicht irgendwie Kontakt mit meinem Vater aufnehmen?« fragte Jake. »Er wird wissen, was zu tun ist.«

»Die Gesetze verbieten mir das.« Vardk senkte den Kopf. »Ob es nun richtig oder falsch ist, es entspricht unserer Tradition. Es ist unser Gesetz.«

Jake schaute zur Seite der Arena hinüber und sah, daß Kala, der junge Fjori, ihn mit einem Lächeln bedachte. Es war ein höhnisches Lächeln, und Jake war sich sicher, daß Kala alles tun würde, was in seiner Macht stand, um dafür zu sorgen, daß Jake und Nog ihren Aufenthalt auf Eden nicht genießen würden.

»Wäre doch nur Urgroßmutter hier«, sagte Vija. »Sie hätte vielleicht einen Weg gefunden.«

»Vielleicht«, pflichtete Vardk ihr bei. »Aber niemand weiß, wann sie ihre Exerzitien beenden wird. Das kann morgen sein, aber auch erst in sechs Monden. Bis dahin ist die Entscheidung des Rats endgültig, und es kann keine Berufung mehr eingelegt werden.«

»Heißt das«, unterbrach Jake ihn, »daß die Entscheidung noch nicht endgültig ist?«

»Drei Monde müssen vergehen, bis ein Urteil nicht mehr angefochten werden kann. Während dieser Zeit können die Beklagten noch um ein neues Urteil kämpfen.«

»Dann kämpfen wir«, sagte Nog, und die Rädchen des Getriebes in seinem Kopf knirschten bereits.

»Es tut mir leid, Nog«, sagte Vardk. »Ihr seid *Gajo* und dürft deshalb nicht vor dem Rat sprechen.«

Nog schien bei den Worten des Captains die übergroßen Ohren hängenzulassen. Er kannte jede Erwerbsregel der Ferengi auswendig, und doch gab es keine Gelegenheit, sie anzuwenden. Das war nicht fair!

»Das ist nicht fair.« Vijas Worte gaben Nogs unausgesprochenen Gedanken wieder. Plötzlich sprang sie auf und fing die Ratsmitglieder ab, die die Arena gerade verlassen wollten.

»Weise Ältesten«, rief sie ihnen zu. »Ich spreche als die Fjori-Stimme jener, die keine Stimme haben.« Sie zeigte auf Jake und Nog. »Ich verlange, daß diese beiden das Recht bekommen, sich durch den Übergangsritus von ihren Missetaten zu reinigen.«

7

»Nein!« Der Schrei kam von Kala, der neben dem Ausgang stand und Vijas Worte gehört hatte. Er lief vor. »Sie sind keine Fjori. Sie können den Übergangsritus nicht ablegen.«

»Es ist nicht verboten«, hielt Vija dagegen.

Der Ratsvorsitzende dachte fast eine Minute lang darüber nach, bevor er antwortete. »Nein. Es kommt zwar nicht oft vor, verstößt aber nicht gegen unsere Gesetze.«

Kala schien zu einem wütenden Protest ansetzen zu wollen, bewahrte in Anwesenheit des Rats aber respektvolles Schweigen.

Der Ratsvorsitzende ging zu Jake, Nog und Vardk hinüber. Seine ersten Worte richtete er an den Captain. »Deine Tochter beantragt, daß diese beiden den Übergangsritus der Fjori absolvieren. Sind sie würdig?«

»Das sind sie«, antwortete Vardk ohne das geringste Zögern.

»Und inwiefern sind sie würdig?« fragte das Ratsmitglied.

»In ihrem Raum sind beide Prinzen. Jake ist der Sohn des Commanders des Wächters des Wurmlochs, den sie *Deep Space Nine* nennen.«

Das kommt der Wahrheit ziemlich nahe, dachte Jake.

»Nog ist der Erbe des großen Handelsimperiums des Ferengi Quark.« Das war etwas weiter hergeholt, entsprach aber so weit den Tatsachen, daß man es hinnehmen konnte.

»Ich vertraue deinen Worten, Vardk. Deine Großmutter ist unsere Älteste, und du bist ein ehrenwerter Mann.« Das Ratsmitglied wandte sich an Jake und Nog. »Akzeptiert ihr das Urteil durch den Übergangsritus?«

Jake sah Nog an. Worum auch immer es sich bei diesem Ritus handeln mochte, er war vielleicht ihre einzige Möglichkeit, je wieder nach Hause zu kommen. »Wir akzeptieren«, erwiderten sie im Einklang.

»Dann soll es so geschehen.« Das Ratsmitglied schaute zum Himmel hoch. »Wenn die Sonne den Zenit erreicht, wird euer Übergangsritus beginnen.« Er drehte sich um.

»Worum genau handelt es sich bei diesem Übergangsritus?« fragte Jake den Captain, als der Vorsitzende des Ältestenrats fort war.

»Das ist das Ritual, das jeder junge Fjori bestehen muß, wenn er den Schutz der Kindheit verlassen und die Verantwortung eines Erwachsenen tragen will. Vom Augenblick unserer Geburt an bereiten wir alle uns auf diese Tortur vor.«

»Tortur?« fragte Nog. Ihm gefiel der Klang dieses Wortes nicht. Ferengi ziehen das Vergnügen der Aussicht auf Schmerzen bei weitem vor.

»Es wird schon nicht so schlimm werden«, sagte Vija, als sie zu ihnen trat.

»Ich wünschte, du hättest recht, Tochter. Aber diese beiden sind Außenstehende, die sich nicht auf den Kampf vorbereiten konnten, der ihnen bevorsteht.«

»Und was geschieht, wenn wir diesen Übergangsritus bestehen?« fragte Jake.

»Dann, junger Sisko, werdet ihr in die Familie der Fjori aufgenommen. Ihr wäret keine Fremdweltler mehr.«

»Und wir können nach Hause zurückkehren?«

Vardk nickte. »Ich vermute, der Rat würde es dann in Betracht ziehen.«

»Toll.«

»Vielleicht«, sagte Vardk mit ernster Stimme. »Meine Tochter hat euch eine Gelegenheit verschafft, eure Freiheit zu gewinnen, doch der Übergangsritus ist für jemanden, der sich mit unseren Traditionen nicht auskennt, bestenfalls gefährlich. Vielleicht werdet ihr euch noch wünschen, ihr hättet diese Gelegenheit nicht wahrgenommen.«

Ihnen blieben nur noch knapp drei Stunden, um sich auf ihre Gelegenheit vorzubereiten. Zuerst einmal erklärte Vija ihnen die Regeln des Übergangsritus der Fjori.

Es ist wirklich ganz einfach, dachte Jake, als sie fertig war. Er und Nog mußten das Dorf um Punkt zwölf Uhr mittags verlassen, die Wüste durchqueren und die Berge besteigen, um eine Feder von einem Graf zu beschaffen, einem Vogel, der hoch oben in den Gipfeln lebte.

»Nicht gerade ein Vogel«, unterbrach Vija seine Zusammenfassung. »Eher eine fliegende Schlange.«

»Klingt nicht nach einem Wesen, dem ich unbedingt begegnen möchte«, sagte Nog. Ferengi mochten keine Geschöpfe, die auf dem Boden krochen, und eins, das kroch und flog, mieden sie erst recht.

»Wir werden schon damit fertig«, versicherte Jake seinem Freund.

»Du wirst damit fertig. Ich sehe dir zu.«

»Die eigentlichen Schwierigkeiten werden euch die Verfolger machen. Sechs Männer werden, zwei Stunden nachdem ihr das Dorf verlassen habt, eurer Spur folgen. Wenn sie euch einholen, bevor ihr die Feder besorgt habt und hierher zurückgekehrt seid, habt ihr versagt.«

»Wieviel Zeit haben wir?«

»Diesen Tag und zwei weitere. Ihr müßt zurück sein, bevor die Sonne am dritten Tag untergeht.«

»Das ist zu schaffen«, erklärte Jake laut. Er wünschte nur, er wäre so mutig, wie er sich gab.

Den Rest ihrer Vorbereitungszeit über zeigte Vija ihnen holographische Karten der Umgebung des Dorfes. Jake suchte sich drei der offensichtlichsten Strekken zu den Bergen aus, ließ sie dann aber wieder fallen. Ihre Verfolger würden mit diesen Strecken vertraut sein und sie wahrscheinlich einholen, da sie den Planeten wesentlich besser kannten.

»Wir brauchen eine schwierigere Strecke, die unsere Verfolger vor genauso viele Probleme stellt wie uns.«

Nog betrachtete die Karten. Es war für einen Ferengi das Natürlichste auf der Welt, den verschlungensten Weg zu einem gegebenen Ziel zu finden. Nach einem Moment zog er den Finger durch das Hologramm und zeichnete eine komplizierte Strecke nach. »Diesen Weg sollten wir nehmen.«

»Eine gute Wahl«, sagte Vija.

Nog lächelte. »Das wird Spaß machen.«

»Nein«, widersprach Jake ihm. »Ganz im Gegenteil. Es wird schwierig und gefährlich werden.« Er hielt inne. »Aber wenn wir zusammenarbeiten«, fügte er dann hinzu, »können wir es schaffen – und nach Hause zurückkehren.«

Der Mittag kam auf diesem Planeten viel schneller, als es Jake lieb war. Nachdem er einige Zeit zum Nachdenken gehabt hatte, hatte er einen Großteil seiner ursprünglichen Zuversicht verloren. Eden war trotz seines Namens eine rauhe und lebensfeindliche Umgebung. Außer dem Graf lauerten dort draußen weitere unbekannte Geschöpfe, die eine Gefahr für zwei ahnungslose Jungen darstellten.

Und doch stand er nun am Dorfrand und wartete darauf, diesen Gefahren entgegenzutreten. Vor dem Beginn eines Spiels – oder Kampfs – gibt es immer einen Augenblick, in dem Zweifel aufkommen. Der ältere Sisko hatte das seinem Sohn eingestanden, als sie auf dem Mars wohnten und Jake während einer Jugendolympiade von Starfleet es mit einem übermächtigen klingonischen Gegner zu tun bekam. Es war nur ein Wettkampf, ein Spiel, doch Klingonen nehmen auch ihre Spiele todernst.

Jake hatte Angst gehabt, sich aber noch stärker davor gefürchtet, diese Angst einzugestehen. Benjamin Sisko hatte gespürt, wie besorgt sein Sohn war, und ihm erklärt, daß man sich dessen nicht schämen mußte, daß jedem so etwas widerfuhr. Es war ganz natürlich, Angst zu haben, und die eigentliche Mutprobe bestand nicht darin, diese Furcht zu verleugnen, sondern darin, sie zu akzeptieren und zu überwinden. Jake tat dies und gewann den Wettbewerb zu seiner Überraschung.

Jake erinnerte sich nun voller Stolz an diesen Augenblick, atmete tief ein, zwang sich ein Lächeln für Vija und ihren Vater ab und schaute auf die Wüste und die Berge dahinter hinaus, die in der warmen Sonne funkelten. Dann hielt er die Hand über die Augen und schaute zum Himmel hinauf.

Die Sonne näherte sich dem Zenit. Er war erleichtert gewesen, als Vija ihnen gesagt hatte, daß auf diesem Teil des Planeten Herbst war und sie nicht die schreckliche Hitze des Sommers von Eden aushalten mußten.

Er zeigte Nog, der neben ihm stand, ein kurzes Grinsen. Man hatte ihnen beiden weit sitzende Fjori-Jacken gegeben, und auch Stiefel mit weichem Fell innen und einem reptilischen Leder außen, die so stabil waren, daß sie einen Marsch über orgonianische Rasierklingenfelsen überstehen würden. Jeder von ihnen hatte nur einen Wasserbehälter bekommen, genug für einen ganzen Tag. Wenn sie das Wasser getrunken hatten, mußten sie selbst neues suchen, aber der Filter in dem Behälter reinigte jede Flüssigkeit. »Es wird vielleicht säuerlich schmecken«, hatte Vija erklärt, als sie ihnen zeigte, wie der Filter funktionierte, »aber euren Durst stillen.« Sie hatte ihnen auch verraten, wo die Aussichten, Wasser zu finden, am größten waren.

Nog verlangte Waffen, um sich verteidigen zu können, bekam jedoch die höfliche, aber bestimmte Antwort, daß jegliche Waffen verboten waren.

»Aus gutem Grund«, erklärte Vardk ihnen. »Wenn ihr bewaffnet seid, verspürt ihr vielleicht die Neigung, lieber zu kämpfen, als zu fliehen. Es mag vielleicht nicht gerade heldenhaft sein, vor einer Gefahr davonzulaufen, sichert jedoch das Überleben. Der Übergangsritus ist eine Überlebensprüfung.«

»Bestehen ihn alle?« fragte Jake.

»Nicht alle.« Jemand lachte, und als Jake sich umdrehte, sah er, daß es Kala war. »Und ihr ganz bestimmt nicht.«

Der junge Fjori war einer ihrer Verfolger. Das überraschte Jake nicht, aber er wußte nicht genau, warum Kala ihn so sehr zu hassen schien.

»Wegen Vija«, flüsterte Nog ihm zu, als sie sich von den anderen entfernten und die letzten Minuten bis zum Beginn des Rituals zählten. Jake hatte nicht mitbekommen, daß er seine Gedanken ausgesprochen hatte; vielleicht war ja sein Freund ein Gedankenleser.

»Wegen Vija?« fragte Jake.

»Wie kann selbst ein Mensch nur so schwer von Begriff sein?« sagte Nog. »Es ist doch offensichtlich, daß Kala Vija mag, und du hast ihn vor ihr runtergemacht. Sie mag dich. Kala ist eifersüchtig und will es dir heimzahlen, wie er nur kann.«

Jake schaute noch einmal zu Kala zurück, und der wütende Blick, den der Junge ihm zuwarf, bestätigte Nogs Worte nachhaltig. Kala hatte ein persönliches Interesse daran, sie scheitern zu sehen, und Jake wurde klar, daß der Fjori alles tun würde, was in seiner Macht stand, um zu gewährleisten, daß er und Nog nicht überlebten. Der Gedanke erzeugte ein Gefühl der Übelkeit in seinem Magen, als hätte er überreife Gzzobohnen gegessen.

»Der Übergangsritus mag beginnen.« Der Ratsvorsitzende sprach laut und klar, als er den Arm hob und dann wieder senkte.

Jake und Nog zögerten, wußten nicht genau, was man nun von ihnen erwartete. »Geht«, rief Vija ihnen zu.

Und plötzlich liefen sie los – fort von der Oase des Dorfes in die lebensfeindliche Umwelt des Planeten und den unbekannten Gefahren entgegen, die sie da draußen erwarteten.

8

Sie waren einen Kilometer vom Dorf entfernt und liefen, so schnell sie konnten, als Nog an Jakes Jacke zerrte. »Wir haben noch einen weiten Weg vor uns.«

Jake verlangsamte sein Tempo zu einem schnellen Trab. Nog hatte recht. Wenn sie weiterhin so schnell liefen, würden sie schon völlig erschöpft sein, bevor sie die Wüste auch nur zur Hälfte durchquert hatten.

Der Boden unter ihren Füßen war fest, und sie kamen gut voran. Das Dorf hinter ihnen verschwand hinter dem Horizont. Jake bestimmte weiterhin ihr Tempo, schnell genug, um zu gewährleisten, daß sie einen guten Vorsprung hatten, wenn die Verfolger losgingen, aber nicht so schnell, daß sie vor Erschöpfung zusammenbrechen und zu einer leichten Beute werden würden.

Adrenalin rauschte durch seine Adern. Jake verspürte das frühe Hochgefühl eines Läufers beim Start eines Rennens; er wußte, daß jeder Schritt sie ihrem Ziel näher brachte, wieder nach Hause zurückzukehren. Nichts würde sie aufhalten.

Sie waren eine Stunde vom Dorf entfernt, als der Boden allmählich weicher wurde. Er war, als wateten sie durch Wasser, und ihre Geschwindigkeit verlangsamte sich dramatisch. Das erinnerte Jake an die Große Rote Wüste auf dem Mars, in der er mit seinem Vater einmal ein Wochenende lang gezeltet hatte.

»Nicht laufen«, warnte Jake den Ferengi. »Wir würden nicht schneller vorankommen, aber unsere gesamte Kraft verbrauchen.«

Sie gingen nun langsamer und kamen prompt auch leichter durch den weichen Sand voran. »Aber wenn wir uns nicht beeilen«, sagte Nog besorgt, »werden sie uns einholen.«

Jake schüttelte den Kopf. »Nein. Sie werden mit dem Sand dieselben Probleme wie wir haben. Solange wir gleichmäßig weitergehen, kann uns nichts passieren.«

Nachdem sie zwanzig Minuten lang den Sand durchquert hatten, konnten sie in der Ferne wieder harten Erdboden ausmachen. Jake erkannte die Felsschlucht, die in die Berge führte.

»Was ist das?«

Jake schaute in die Richtung, in die Nog zeigte, und sah etwas, wobei es sich um einen kleinen Sandhügel zu handeln schien, der direkt in ihrem Weg lag. Das sagte er auch, und dann schritt er langsamer aus und näherte sich vorsichtig dem Hindernis. Er versuchte sich daran zu erinnern, was Vija ihnen am Morgen gesagt hatte, aber sie hatte ihnen so viele Informationen gegeben, daß ihre Gehirne einfach überfordert worden waren. Viel von dem, was das Mädchen ihnen erklärt hatte, hatten sie schon wieder vergessen.

Sie hatten den Hügel fast erreicht, als Sand aus seiner Mitte spritzte. Plötzlich fiel Jake wieder ein, was Vija gesagt hatte. »Ein Sandsucher!« rief er Nog zu, der mehrere Schritte vor ihm war.

Nog blieb wie angewurzelt stehen. Nicht wegen Jakes Warnung – sondern weil *irgend etwas* aus der Mitte des Hügels hervorbrach.

Es erinnerte Jake an einen bajoranischen Rohrkäfer, den sie im Unterricht auf *Deep Space Nine* durchgenommen hatten. Aber dieses Geschöpf war viel größer, fast doppelt so groß wie sie. Als der Sandsucher das Maul aufriß, kam es Jake riesig vor, und er konnte nur daran denken, daß sie von einem Sandwal verschlungen werden würden.

»Lauf, Nog!« rief Jake, aber das war überflüssig, denn sein Freund hatte sich bereits umgedreht und rannte vor dem Hügel davon – während das Geschöpf ihn erbarmungslos verfolgte.

Nog stolperte und warf sich vorwärts. Jake behielt sein Tempo bei, packte Nog an der nächstbesten Stelle – seinen übergroßen Ohren – und zog ihn auf die Füße.

Hinter ihnen glitt der Sandsucher mühelos wie ein Landgleiter voran. Er befand sich in seiner natürlichen Umgebung, und Jake wurde klar, daß sie das Geschöpf auf keinen Fall abhängen konnten.

»Da rauf!« rief er Nog zu.

Während das aufgerissene Maul des Sandsuchers nach ihren Fersen schnappte, machten die Jungs drei gewaltige Schritte und sprangen einen Felsen hinauf, der aus dem Sand ragte.

Der Felsausläufer war nur so groß wie eine Tischplatte und hob sich kaum zwei Meter über seine Umgebung, aber er war eine Insel der Sicherheit in einem gefährlichen Sandmeer. Der Sandsucher hatte keine Arme oder Beine und konnte sich nicht die steile Felsoberfläche hinaufschieben.

»Mußtest du so fest an meinem Ohr ziehen?« fragte Nog, als er wieder zu Atem gekommen war.

»He, du bist in Sicherheit«, erwiderte Jake.

Nog rieb das schmerzende Ohr, mußte aber eingestehen, daß sein menschlicher Freund ihm wahrscheinlich das Leben gerettet hatte. Er schaute auf den Sand hinab und sah, daß das Geschöpf sich wieder in die Oberfläche eingrub. »Gehen wir weiter«, sagte er.

»Nein«, erwiderte er. Nog kletterte bereits den Felsen herab, als der Sandsucher seine Sandwarnung blies und aus seinem Versteck hervorschoß. Nog sprang schnell wieder auf ihren sicheren Felstisch.

»Dieses Ding ist nicht dumm«, sagte Jake. »Es wird

warten und uns aushungern. Also müssen wir warten, bis es die Geduld verliert.«

»Aber das können wir nicht«, hielt Nog dagegen. Er schaute in die Richtung zurück, aus der sie gekommen waren. »Kala und die anderen werden sich mittlerweile auf den Weg gemacht haben. Wenn wir nicht weitergehen, werden sie uns einholen.«

Jake sah ein, daß Nog recht hatte. Sie konnten nicht lange auf diesem sicheren Felsen bleiben. Überzeugt davon, daß das Geschöpf dicht unter der Oberfläche auf sie wartete, schaute er auf den Sand hinab, und ihm fiel ein altes terranisches Sprichwort ein, das sein Vater einmal benutzt hatte. »Wir sind vom Regen in die Traufe geraten.«

Genauso kam, viele Lichtjahre entfernt auf *Deep Space Nine*, Commander Benjamin Sisko sich vor, als er in seinem Büro im Ops allein vor einem teilnahmslosen Computerbildschirm saß.

Jene ruhigen Stunden hatten begonnen, in denen die Hektik der Alltagsroutine hinter ihm lag – falls es zufällig keine diplomatischen Krisen oder technische Ausfälle zu bewältigen galt, die von der veralteten cardassianischen Hardware hervorgerufen worden waren. In diesem Augenblick lenkte ihn nichts von der nagenden Besorgnis darüber ab, daß sein Sohn entführt worden war und sich irgendwo allein da draußen jenseits des Wurmlochs befand, und er bezweifelte allmählich, daß er ihn je wiedersehen würde.

Sisko vernahm ein gedämpftes Hüsteln und schaute vom Computer auf. Quark stand in der Türöffnung. »Falls Sie zuviel zu tun haben, Commander …«, begann er entschuldigend.

»Nein. Kommen Sie bitte rein.«

»Ich habe mich gefragt … na ja, eigentlich hat Rom mich gefragt … ob es Neues von Jake und Nog gibt.«

»Leider nicht.« Sisko bedeutete Quark, Platz zu nehmen, und der Ferengi ließ sich auf einem der Bürostühle nieder. »Ich bin dermaßen um Jake besorgt, daß ich ganz vergessen habe, daß auch Sie sich schreckliche Sorgen machen müssen«, entschuldigte Sisko sich.

»Ich mag den Jungen, und ein so guter Arbeiter würde mir in meiner Bar fehlen.« Quark griff zu einem Tablett auf dem Schreibtisch des Commanders und schenkte sich aus einer Karaffe ein Glas ein. Er ging davon aus, daß es sich bei dem Inhalt um Synthehol von Starfleet handelte, mußte aber feststellen, daß es bajoranisches Mineralwasser war. »Besonders um Rom mache ich mir Sorgen. Er schien Nog nie große Beachtung geschenkt zu haben, doch jetzt ist er außer sich vor Kummer – und seine Fehler kosten mich ein Vermögen.«

Sisko lauschte schweigend, während Quark die vertraute hartohrige, berechnende Ferengifassade aufsetzte, spürte jedoch, daß unter Quarks Worten echte Betroffenheit lag. Schließlich beugte der Ferengi sich über den Schreibtisch vor. »Commander, Sie müssen etwas unternehmen. Sie müssen Nog zurückholen – und Jake natürlich auch.«

»Wir tun, was wir können«, erwiderte Sisko, doch irgendwo in den Tiefen seines Gehirns fragte er sich, ob dies auch stimmte. Von *Deep Space Nine* ausgeschickte Sonden hatten Kontakt mit anderen Fjori-Schiffen hergestellt, doch deren Besatzungen hatten sich natürlich geweigert, sich in die Sache verstricken zu lassen, und nicht einmal den geringsten Hinweis auf die geheime Position ihrer Heimatwelt gegeben. Sie hatten sogar einträchtig bestritten, daß es solch einen Planeten überhaupt gab.

Sicherheitschef Odo schlug vor, selbst – als jjvanianische Keramik getarnt – ein Fjori-Schiff zu infiltrieren und dort Informationen zu sammeln, doch Sisko brachte es nicht über sich, gegen die Föderationsgesetze zu verstoßen – obwohl das Leben seines eigenen Sohnes auf dem Spiel stand.

Nein, dachte er, *es muß eine andere Möglichkeit geben.* Aber er hatte nicht die geringste Ahnung, welche. »Noch ein Glas?« fragte er Quark.

Der Ferengi zwang sich, das Mineralwasser auszutrinken, und wollte schon den Kopf schütteln, als Sisko eine Schublade öffnete und eine Flasche seltenen vulkanischen Ales herausholte. »Na ja, vielleicht noch ein letztes.«

Die beiden saßen lange im Büro, tranken die warme grüne Flüssigkeit und sprachen darüber, welche Schwierigkeiten Jake und Nog ihnen mit einigen ihrer pubertären Mätzchen eingebrockt hatten. »Ich vermisse sie wirklich, Commander«, sagte Quark, als ihm einfiel, wie die beiden seine Bar einmal fast mit ventaxanischen Vulkan-Eiscremebechern in Brand gesetzt hatten.

»Ich auch«, sagte Sisko leise. Dann erinnerte er sich daran, was Dax zu ihm gesagt hatte, und wiederholte ihre Worte. »Vertrauen Sie darauf, daß sie einen Weg zurück nach Hause finden.«

In diesem Augenblick war Jake eher daran interessiert, einen Weg vorbei an dem Geschöpf zu finden, das unmittelbar unter der Sandoberfläche wie ein hungriger Hai den winzigen Felsen umkreiste, der ihnen Schutz bot. Nog hatte recht mit seinem Einwand, daß sie in Bewegung bleiben mußten, oder Kala und die anderen Verfolger würden sie einholen. Doch wie sollten sie an dem Sandsucher vorbeikommen?

»Es ist gar nicht so weit bis zu festem Erdboden.« Nog zeigte auf die keine zweihundert Meter weit entfernte Stelle, an der der Sand endete und felsiger Grund begann.

Jake dachte darüber nach und betrachtete dann den weichen Sand, den sie durchqueren mußten. Sie konnten das Geschöpf auf keinen Fall einfach abhängen – außer, sie lenkten es irgendwie ab. Jake fragte sich, was sie dazu benutzen konnten, und ging im Geiste ihre wenigen Ausrüstungsgegenstände durch.

Er griff unter seine Jacke und holte den Wasserbehälter heraus, den die Fjori ihm gegeben hatten. Vielleicht würde es auf diese Weise funktionieren. Er schraubte den Filterdeckel ab. »Was hast du vor?« fragte Nog.

»Wasser«, erklärte Jake. »Vija hat uns gesagt, Sandsucher hätten es auf Wasser abgesehen.«

»Aber wir brauchen das wenige Wasser, das wir haben«, protestierte Nog.

»Es wird uns nicht viel nutzen, wenn wir nicht ziemlich schnell von hier wegkommen.«

Nog dachte über ihre Möglichkeiten nach. Er gab nicht gern ihren halben Wasservorrat auf, aber sie hatten keine Wahl. »Was willst du also tun?« fragte er.

»Ich werfe die Flasche so weit wie möglich.« Jake hielt den Behälter aufrecht, um ja keinen wertvollen Tropfen zu verschütten. »Dann laufen wir los – so schnell wir nur können.«

»Und wenn der Sandsucher es nicht auf den Wasserbehälter abgesehen hat, sondern auf uns?«

»Dann haben wir ein Problem.« Jake versuchte, sich flapsig zu geben, doch als er sich darauf vorbereitete, den Behälter zu werfen, zog sein Magen sich zusammen. »Bereit?« fragte er Nog.

»Nun mach schon«, erwiderte der Ferengi und hielt einen Daumen hoch.

Jake erinnerte sich an die Baseball-Lektionen, die sein Vater ihm in der Holo-Kammer von *Deep Space Nine* erteilt hatte, holte aus und schleuderte den

1995

Behälter dann davon, als werfe er einen Baseball vom rechten Außenfeld zum Wurfmal.

Der Behälter flog in einem hohen Bogen durch die Luft, verschüttete Wasser, während er sich drehte, und landete dann zwanzig Meter entfernt mit einem dumpfen Aufprall auf dem Sand.

Ohne sich zu überzeugen, ob der Sandsucher den Köder schluckte, sprangen Jake und Nog auf der anderen Seite vom Felsen herab. Jake zögerte kurz – er rechnete halbwegs damit, daß das monströse Geschöpf sich unmittelbar vor ihnen aus dem Sand erheben würde – und lief dann Nog hinterher, der bereits durch den Sand spurtete.

Jake kam sich vor, als liefe er in Zeitlupe, und jeder neue Schritt fiel ihm schwerer als der zuvor. Es hatte den Anschein, als würde er nicht die geringsten Fortschritte machen, und er verspürte die Versuchung, einen Blick über die Schulter zurückzuwerfen, doch er wußte es besser. Das wäre nur Kraftverschwendung, und er konnte es sich nicht leisten, seine Energie zu vergeuden.

Seine Lungen drohten zu platzen. Er holte Nog ein, der einen Vorsprung von drei Schritten hatte, und gemeinsam liefen sie, Schritt für Schritt, auf den harten Felsboden zu. Jake glaubte zu spüren, wie der Sand hinter ihm zur Seite geworfen wurde, weil der Sandsucher auf sie zuschoß, und zwang sich zu einer noch größeren Anstrengung.

Er schien schon eine Ewigkeit zu laufen, als seine Füße endlich Stein berührten. Er stolperte, lief aber weiter. Noch ein Dutzend Schritte, und er fiel auf den felsigen Grund.

Keuchend stürzte Nog auf ihn. Sie blieben lange dort liegen, verschwitzt vor Anstrengung und nach Atem ringend, und lauschten, wie der überlistete Sandsucher davonglitt.

Schließlich rollte Jake sich herum und setzte sich auf. Sie waren vorerst in Sicherheit. Die Wüste lag hinter ihnen, und sie befanden sich in der Felsschlucht, die in die Berge führte.

Seine Kehle war trocken, und er drehte sich zu Nog um. »Laß mich einen Schluck von deinem Wasser trinken.«

Nog griff unter seine Jacke, doch die Hand kam leer wieder hervor. »Es ist weg.« Er schaute auf den Sand hinaus. »Ich muß den Behälter verloren haben, als wir hierher liefen.«

»O nein«, sagte Jake. Er wollte einfach nicht glauben, daß sie *beide* Wasserbehälter verloren hatten. »Was sollen wir jetzt machen?«

9

Sie machten einfach weiter, stiegen immer höher in das felsige, von Schluchten durchzogene Land hinauf und kamen nur langsam voran, während die Schatten des Spätnachmittags immer länger wurden. Es wurde zusehends schwieriger, genau auszumachen, was vor ihnen lag. Der Wassermangel machte sich immer stärker bemerkbar.

»Ich habe Durst«, klagte Nog.

»Denk nicht daran«, erwiderte Jake. »Das macht dich nur noch durstiger.« Auch sein Mund war trokken, und er hätte einfach alles für ein großes Glas kalter kilarianischer Kola gegeben.

»Es wird dunkel«, wechselte Nog das Thema.

Jake schaute zum Rand der Schlucht hinauf. Die Sonne war mittlerweile dahinter außer Sicht verschwunden. Bis zum eigentlichen Sonnenuntergang blieb ihnen noch eine oder zwei Stunden Zeit, doch das Sonnenlicht reichte jetzt nicht mehr tief in die Schlucht hinab.

»Wir müssen eine Unterkunft suchen, solange wir noch etwas sehen können«, wurde Jake klar. Er wollte auf keinen Fall in der Dunkelheit hier herumwandern. Sonst stolperten sie noch zufällig über Kala und die Verfolger – oder etwas viel Schlimmeres.

Nog suchte den Horizont ab, der ausschließlich aus Felsen und Steinen zu bestehen schien. Vielleicht fanden sie einen großen Felsbrocken, hinter dem sie sich niederkauern konnten, doch diese Vorstellung erfüllte ihn nicht gerade mit Begeisterung. Sie brauchten so etwas wie …

»Da!« Nog blieb so plötzlich stehen, daß Jake, der dicht hinter ihm war, fast gestolpert wäre.

»Nog, warne mich rechtzeitig, wenn du das nächste Mal wie angewurzelt stehenbleibst.«

Der Ferengi ignorierte Jakes Beschwerde und zeigte zu einer dunklen Stelle etwa dreißig Meter über ihnen hinauf. »Sieh doch«, sagte er zu Jake. »Eine Höhle!«

Jake schaute hinauf, konnte aber nichts erkennen. Ferengi haben eine bessere Nachtsicht als Menschen, und so mußte Jake davon ausgehen, daß Nog recht hatte. Zumindest hoffte er, daß es eine Höhle war.

»Wie kommen wir da hinauf?« Jake betrachtete die steile Felswand. Er konnte keinen Weg ausmachen und wollte in diesem Zwielicht nicht unbedingt dort hinaufkraxeln. Das sagte er Nog auch.

»Nein. Wir klettern nicht hinauf. Wir klettern *hinab.*«

Jake war völlig verwirrt, bis er sah, was Nog gesehen hatte. Links von ihnen befand sich das ausgetrocknete Bett eines kleinen Wasserfalls; zumindest war es mal vor Äonen einer gewesen, als Eden noch ein Planet mit genug Feuchtigkeit gewesen war. Jahrhunderte des hinabtropfenden Wassers hatten die Felswand abgeschliffen und fast eine Treppe gebildet. Und in einiger Höhe über der dunklen Stelle konnte er nun einen Felsvorsprung ausmachen, der direkt zur Öffnung der Höhle führte. Oder zu dem, wovon Jake hoffte, daß es sich um eine Höhle handelte.

»Wenn wir dort hinaufsteigen, kommen wir im Dunkeln nicht wieder runter«, sagte er zu Nog.

»Hast du eine bessere Idee?«

Jake hatte keine, also fingen sie zu klettern an.

Die ersten paar Meter waren kein Problem, doch dann wurde es schwieriger. Das Gestein der Schluchtwand war trocken und spröde. Sie mußten höllisch aufpassen, sonst zerbröckelte es einfach. Also kletterten sie langsam und vorsichtig hinauf. Sie würden von

Glück sprechen können, wenn sie bei einem Sturz mit einem gebrochenen Bein davonkämen.

Als Jake und Nog den Felsvorsprung erreichten, war es schon fast dunkel. Der Himmel über der Schlucht wurde von roten Streifen der untergehenden Sonne durchzogen. Allmählich wurde es auch kühl. Vija hatte ihnen gesagt, daß die Nächte auf Eden ziemlich kalt werden konnten. Das war ein weiterer Grund dafür, sich so schnell wie möglich einen Unterschlupf zu suchen.

Der Felsvorsprung war sehr schmal, gerade breit genug, daß sie darauf gehen konnten, wenn sie sich gegen die Felswand lehnten. Nog ging voran. Jake folgte ihm und wünschte sich, er könnte besser sehen. Doch da der Grund der Schlucht so tief unter ihnen lag, war es andererseits vielleicht ganz gut, daß er die Umgebung nicht besonders gut ausmachen konnte.

»Paß auf lockere Steine auf«, warnte Nog ihn.

Jake trat gegen einen Stein, und er fiel mit Gepolter die Felswand herab. »Jetzt weiß ich, was du meinst.«

»Oh.« Nog blieb unvermittelt stehen.

»Was ist los?« Jake hatte fast Angst, ihn zu fragen.

Nog stand am Rand einer Spalte. Sie war fast zwei Meter breit; erst danach setzte der Sims sich auf der anderen Seite fort. Normalerweise, dachte Jake, wäre das kein besonders schwieriger Sprung, doch sie hatten auf dem schmalen Vorsprung keinen Platz für einen Anlauf – und auf der anderen Seite noch weniger Platz für eine Landung. Der geringste Fehltritt könnte tödlich enden.

Allerdings ragten auf der anderen Seite ein paar Felsen aus der Wand hervor, an denen sie sich nach dem Sprung festhalten konnten – falls sie ihn überhaupt schafften und falls die Felsen nicht abbrachen.

Nachdem sie die Sache besprochen hatten, kamen sie überein, daß Jake zuerst springen würde. Auch wenn er nicht den Vorteil von Nogs Nachtsicht hatte, war er der bessere Sportler. Er hatte nicht nur die größeren Chancen, den Sprung zu schaffen und sich festzuhalten, er konnte Nog auch helfen, sobald der Ferengi seinen Versuch wagte.

Nog trat zurück, während Jake überlegte, wie er den Sprung ansetzen sollte. Sein Vater hatte ihn gelehrt, daß ein wirklich großer Sportler sich nie überschätzte. Er wußte, er hatte keine Gelegenheit zu einem zweiten Versuch; ein winziger Fehler, und er würde in die Schlucht abstürzen.

Schließlich ging er zum Rand und trat dann drei kurze Schritte zurück. Dieser Anlauf mußte ausreichen, um ihn über den Abgrund zu tragen. Jake hatte schon viel weitere Sprünge geschafft, doch er schwitzte trotz der kalten Abendluft.

»Laß dir nicht den ganzen Tag Zeit«, maulte Nog ungeduldig.

»Ich nehme mir soviel Zeit, wie ich brauche«, erwiderte Jake. »Wenn es beim erstenmal nicht klappt, gibt es keinen zweiten Versuch.«

»Tut mir leid«, entschuldigte Nog sich. »Ich bin auch nervös.«

Jake atmete tief ein und langsam wieder aus. Er hatte das Gefühl, sich nicht mehr besser vorbereiten zu können. »Jetzt geht's um die Galaxis«, zitierte er den Wahlspruch von Rocket Rangler, seinem bevorzugten Holokammer-Helden. Jake nahm Anlauf … einen Schritt … zwei … drei …

… und stieß sich ab und sprang über den Abgrund.

Einen Augenblick lang, der sich zu einer Ewigkeit auszudehnen schien, hatte Jake den Eindruck, den Sprung falsch berechnet zu haben. Er wußte einfach, daß er es nicht schaffen würde.

Dann berührten seine Füße festen Boden. Er hatte den Abgrund überwunden und war auf der anderen

Seite des Vorsprungs. Doch er hatte den Sprung in der Tat falsch berechnet – er war zu weit gesprungen. Dort, wo er gelandet war, war die Felswand glatt. Es gab keine Steine, an denen er sich festhalten konnte – und er glitt aus und stürzte rückwärts über die Klippe.

Nun zahlte sich Jakes Sportlichkeit aus, all die Trainingseinheiten in der Holo-Kammer unter den aufmerksamen Blicken seines Vaters. Er drehte sich beim Fallen, und es gelang ihm, sich am Felsvorsprung festzuhalten.

»Jake!« rief Nog verzweifelt, als er sah, daß sein Freund in den Abgrund zu stürzen drohte.

»Alles klar…« Keuchend klammerte Jake sich an den Vorsprung und zog sich dann langsam hoch. »Ich hab's geschafft.«

Nachdem Jake sich ein paar Minuten lang ausgeruht hatte, trat er dicht an die Lücke im Vorsprung heran. Er fand einen festsitzenden Stein in der Felswand, an dem er sich festhalten konnte. »Jetzt bist du dran, Nog«, rief er.

Nachdem Nog beobachtet hatte, in welcher Gefahr sein Freund schwebte, schien sein Mut, der sowieso nicht sehr groß war, völlig verschwunden zu sein. Er zögerte. »Ich bin noch nicht soweit.«

Es wurde allmählich stockfinster. »Mach schon«, ermutigte Jake ihn. »Du mußt sofort springen. Ich fange dich auf dieser Seite auf.«

Doch Nog blieb zögerlich. Die ganze Kletterpartie die Felswand hinauf war seine Idee gewesen, und nun war er überzeugt, daß sie ein schlimmes Ende nehmen würde. »Ich kann nicht…«

»Doch, du kannst. Du hast Angst.«

»Nein, habe ich nicht.«

»Doch, hast du. Ich hatte auch Angst. Aber du mußt den Sprung wagen. Du mußt deine Furcht akzeptieren und sie überwinden.«

Nog lachte, als er die vertrauten Worte ihres Holokammer-Gefährten hörte. »Aus dir spricht Rocket Rangler.« Aber das hier war keine Illusion, das war die Wirklichkeit.

»Vielleicht. Aber es ist die Wahrheit.«

Nog konnte sich noch immer nicht überwinden. »Ich bin müde, und mir wird kalt«, sagte Jake schließlich. »Wenn du jetzt nicht springst, gehe ich in die Höhle und lasse dich die ganze Nacht da draußen stehen.«

Beide wußten sie, daß Jake so etwas niemals tun würde. Er hätte notfalls die ganze Nacht lang auf seiner Seite des Abgrunds gewartet, aber die Drohung genügte, um Nog in Marsch zu setzen.

Der Ferengi bewegte sich schnell, damit er keine Zeit hatte, um noch einmal über sein Vorgehen nachzudenken. Er trat zum Rand und sprang hinüber.

Er traf keinen Zentimeter vom Rand der anderen Seite entfernt auf, doch es reichte. Während Jake sich mit einer Hand festhielt, zog er seinen Freund mit der anderen gegen die Felswand. Nog prallte hart gegen das Gestein, doch Jake konnte verhindern, daß der Ferengi vom Sims geworfen wurde.

»Das war doch gar kein Problem«, sagte Jake, als er wieder zu Atem gekommen war.

»Du hast gut reden. Meine Ohren klingeln. Wenn ich das nächste Mal so eine Idee habe, red sie mir gefälligst aus.«

Jake lachte. Dann fiel Nog mit ein. Sie dachten nicht mehr daran, was hätte geschehen können.

Im fahlen Licht der beiden Monde Edens bahnten sie sich vorsichtig den Weg über den Felsvorsprung, bis sie schließlich direkt über dem Höhleneingang standen.

Jake war schon immer der Ansicht gewesen, daß der Abstieg viel schwieriger war als der Aufstieg. Das bestätigte sich nun, als er vorsichtig niederkniete, sich auf den Rand des Simses hinabließ und langsam hinabzuklettern begann.

»Direkt rechts unter dir kannst du den Fuß aufsetzen«, rief Nog ihm zu, und Jake fand die Stelle. Dann entdeckte er einen weiteren Halt direkt unterhalb des Vorsprungs und ließ sich hinabfallen. Noch ein Schritt, und Jake stand auf dem Felssims, der zu der Höhle führte.

Mit geringerem Zögern als zuvor folgte Nog seinem Freund schnell, aber vorsichtig. Kurz darauf spähten beide in das dunkle Innere der Felsenhöhle.

Der Nachtwind frischte auf, als sie den Schutz der Höhle betraten. Als sie tiefer hineingingen, wurde es wärmer. Nicht angenehm warm, wie in seinem Quartier auf *Deep Space Nine*, aber wesentlich erträglicher als draußen.

Sie hatten noch kein Dutzend Schritte getan, als Nogs Fuß auf etwas trat. Er blieb stehen und hob es auf.

»Was ist das?« fragte Jake.

»Das wird dir bestimmt nicht gefallen«, erwiderte Nog, während er den Gegenstand hochhob, damit er vom schwachen Licht erhellt wurde, das durch den Höhleneingang fiel.

Jake betrachtete den Gegenstand, nahm ihn Nog dann ab und betastete ihn. Nog hatte recht. Er gefiel ihm in der Tat nicht.

Jake hielt ein Stück Knochen in der Hand, das offensichtlich von irgendeinem Wesen abgenagt worden war. Und die Feuchtigkeit verriet Jake, daß das noch gar nicht so lange her sein konnte.

10

In diesem Teil der Höhle waren noch weitere Knochensplitter verstreut. Sie hatten keine Ahnung, ob das Wesen – oder waren es mehrere? –, das hier gefressen hatte, sich noch in der Höhle aufhielt.

Die beiden Jungs wollten nicht unbedingt bleiben und herausfinden, mit wem sie sich ihre Unterkunft vielleicht teilten, doch draußen war es kalt und dunkel, und so hatten sie keine Wahl. Vorsichtig drangen sie tiefer in die Höhle ein, bis sie eine kleine Nische zwei Meter über dem Höhlenboden fanden, die gerade groß genug für sie beide war.

Sie entschieden, daß sie abwechselnd schlafen und Wache halten würden – für alle Fälle. Allerdings gingen sie nicht gerade in die Einzelheiten, um was für ›Fälle‹ es sich handeln konnte.

Nog schlief zuerst, kroch hinter Jake, wo es genug Platz gab, um sich einigermaßen bequem auszustrekken. Jake beneidete seinen Freund um dessen Fähigkeit, problemlos einschlafen zu können. Nun, da sie nicht mehr in Bewegung waren, merkte er, daß er solch einen Durst hatte wie noch nie zuvor in seinem Leben. Die Abenteuerlust, die das Schiff der Fjori in ihnen ausgelöst hatte, war nun von der harten Realität ihrer Lage gedämpft worden. Was in einer Holo-Kammer vielleicht ein wunderbares Spiel sein mochte, machte viel weniger Spaß, wenn es tatsächlich geschah.

Zwei Stunden später stieß Jake den Ferengi an und weckte ihn. »Deine Wache fängt an.«

Nach einigem verschlafenen Knurren tauschte Nog

mit Jake die Plätze. Da Jake größer war als sein Freund, fiel es ihm schwerer, sich bequem auszustrekken. Doch er war müder, als er gedacht hatte, und schlief schnell ein.

Jake träumte davon, wieder auf *Deep Space Nine* zu sein und in seinem Quartier im eigenen Bett zu liegen.

Nog sollte Jake zwei Stunden später wecken, doch als irgend etwas Jake veranlaßte, die Augen zu öffnen, sah er, daß draußen schon hellichter Tag war.

»Nog, warum hast du mich nicht geweckt?« Jake sah, warum, noch während er die Frage stellte. Sein Freund schlief tief und fest, und seine Ohren zuckten, wie sie nun mal zucken, wenn Ferengi träumen.

Jake stieß Nog an und weckte ihn. Nun, da der Tag angebrochen war, mußten sie weiter. Nog bewegte sich, doch seine Augen blieben geschlossen. Jake stieß ihn etwas härter an und erstarrte dann. Er hatte es wieder gehört. Das Geräusch, das ihn geweckt hatte.

Es kam aus dem Inneren der Höhle. Ein leises Tapsen. Etwas befand sich mit ihnen in der Höhle – und es kam in ihre Richtung.

»Nog«, flüsterte Jake seinem Freund ins Ohr und stieß ihn noch härter an. Der Ferengi wäre fast aus der Nische in der Höhlenwand gefallen, doch Jake hielt ihn fest, und Nog setzte sich schließlich auf.

»Was ist los?« fragte er. Er war noch immer nicht bei sich.

»Da kommt irgend etwas«, flüsterte Jake.

Nog hörte es auch und war mit einemmal hellwach.

Sie sprangen gleichzeitig aus der Nische hinab. Mittlerweile fiel so viel Licht durch den Eingang, daß sie sämtliche Knochen sehen konnten, die auf dem Boden der Höhle lagen. Sie waren unwissend ins Eßzimmer eines Raubtiers gestolpert, und worum auch immer es sich dabei handeln mochte, es hatte einen gewaltigen Appetit.

Hinter ihnen, tiefer in der Höhle, wurde das Tapsen lauter. Dann hörten sie ein Brüllen – und sahen das Tier. Es ähnelte einem irdischen Bären, hatte aber längeres Fell und schrecklich anzusehende Reißzähne; seine Fänge waren mit langen messerscharfen Klauen bewehrt.

Die Jungs rannten zum Höhleneingang. Das Tier war direkt hinter ihnen, lief aber nicht. Es schien zu spüren, daß seine neue Beute keine Fluchtmöglichkeit hatte.

Vor der Höhle fanden Jake und Nog sich auf der schmalen Felssohle unterhalb des Vorsprungs wieder. Und sie mußten feststellen, daß sie etwas Wichtiges

vergessen hatten, als sie von dem Sims hinabgesprungen waren. Wie wollten sie wieder hinaufkommen? Die Felswand war zu glatt und steil.

»Die Höhle muß noch einen Eingang haben«, sagte Jake. Ihm wurde klar, daß sie sie durch die ›Hintertür‹ betreten hatten; deshalb waren sie dem Tier auch nicht begegnet. Es kam wahrscheinlich nur in diesen Teil der Höhle, wenn es fressen wollte – und jetzt standen die beiden Jungen auf der Speisekarte.

Jake kam plötzlich die schreckliche Erkenntnis, daß ihnen nur zwei Möglichkeiten blieben – zu springen und wahrscheinlich zerschmettert zu werden, wenn sie unten auf den Felsen aufschlugen, oder zu bleiben und bei lebendigem Leib aufgefressen zu werden.

Commander Benjamin Sisko wachte schwitzend auf.

Er hatte einen Alptraum gehabt. Sein Sohn war in Gefahr, und er konnte nichts dagegen tun. Das Gefühl ähnelte dem in jenen schrecklichen Augenblicken während der Schlacht von Wolf 359, als sein Raumschiff, die *Saratoga,* auseinanderbrach. Seine Frau, Jennifer, war bereits durch einen direkten Treffer des Borgschiffes ums Leben gekommen. Die Reaktoren der *Saratoga* hatten einen kritischen Zustand erreicht, und das Schiff würde jeden Augenblick die eigene Vernichtung einleiten. Eine Ewigkeit lang – so kam es ihm jedenfalls vor – hatte Benjamin Sisko versucht, Jake ausfindig zu machen.

Und dann hörte er inmitten des ganzen Lärms und Chaos plötzlich Jakes Stimme; in nachhinein war es ihm wie ein Wunder vorgekommen. Er fand seinen Sohn unverletzt, aber von Trümmerstücken eingeklemmt vor. Mit einer Kraft, die aus der Verzweiflung geboren worden war, hob Sisko den verbogenen Stahlträger so weit an, daß Jake darunter hervorkriechen konnte. Gemeinsam waren sie in einem Shuttle entkommen, während die *Saratoga* hinter ihnen explodierte.

Als Sisko nun in seinem dunklen Quartier saß, glaubte er zu hören, wie sein Sohn wieder nach ihm rief – doch diesmal konnte er nichts tun, um ihm zu helfen.

Jake rief in der Tat, doch seine Worte waren an Nog gerichtet, der am Rand der Klippe zögerte und zum Boden der Schlucht tief unter ihnen hinabstarrte. »Ich kann nicht«, sagte Nog. »Es ist zu tief. Das überleben wir nicht.«

»Wahrscheinlich hast du recht, aber wir haben keine Wahl.« Das Tier kam schnell näher. Jake wollte lieber das Risiko eingehen, sich nur ein Bein zu brechen, als zur Mahlzeit irgendeines gefräßigen Wesens zu werden.

Nog ergriff Jakes Hand. »Dann tun wir es gemeinsam.« Sie traten an den Rand und wollten gerade springen, als sie eine bekannte Stimme hörten.

»Jake, Nog! Schnappt es euch!«

Sie schauten die Steilwand hinauf und sahen, daß Vija über den Rand spähte. Sie hatte ein Seil hinabgeworfen. Jake packte es und zog es zu sich heran. Er sah, daß es im Abstand von jeweils einem Meter einen Knoten aufwies, damit man es leichter zum Klettern benutzen konnte.

»Na los!« befahl er Nog, der allerdings keine Ermutigung brauchte und sofort zu klettern anfing.

Das Tier tauchte aus der Höhle auf und schlug nach Jake, der hinter Nog hinaufkletterte. Jake spürte, daß etwas sein Bein aufriß, und versuchte, sich außer Reichweite des Tiers zu ziehen.

Er ignorierte den scharfen Schmerz und kletterte weiter. Nach ein paar Minuten hatte er den Rand der Klippe erreicht, und Nog half ihm vollends hinauf.

»Danke«, konnte Jake noch zu Vija sagen, bevor er vor Schmerz halb ohnmächtig zusammenbrach.

Anscheinend eine Ewigkeit lang lag er auf dem steinernen Dach der Schlucht, umgeben von einem sich langsam dahinwälzenden Nebel, während Vija die häßliche Rißwunde in seinem Bein versorgte. Nun, da das Adrenalin der Flucht nicht mehr durch seine Adern pumpte, spürte er den Schmerz wesentlich stärker.

Vija benutzte eine – nach Föderationsstandard – ziemlich primitive Medosonde, um die Wunde zu schließen. »Zum Glück ist sie nicht tief«, sagte sie zu Nog. Dann besprühte sie die Wundstelle mit einem Kältespray, damit der Schmerz nachließ.

»Wie fühlst du dich?« fragte sie schließlich.

Nachdem der Schmerz nachgelassen hatte, konnte Jake sich aufsetzen. »Besser«, murmelte er.

»Trink das.« Vija gab ihm einen Wasserbehälter. Jake trank schnell mehrere große Schlucke und fing prompt zu husten an.

»Langsam«, warnte Vija ihn.

Jake befolgte ihren Rat und trank nur noch mit winzigen Schlucken. Dann gab er Vija den Behälter zurück.

»Behalte ihn«, sagte sie. »Ich habe noch einen.«

Jake befestigte den Behälter unter seiner Jacke am Gürtel. Dann erhob er sich, stand, gestützt von Nog, auf zitternden Beinen, und sah sich um. Die Schlucht lag unter, die Wüste und das Dorf hinter ihnen. Auf der anderen Seite der Schlucht führte ein flaches Plateau zu den Bergen. Direkt zwischen ihnen und den Bergen lag ein großer Sumpf, eine Art riesiger Oase, bei deren Schöpfung so einiges schiefgegangen war. Vija hatte ihnen gesagt, daß sie dieses Marschland unter allen Umständen meiden mußten.

»Wie dicht sind Kala und die anderen hinter uns?« fragte Jake.

»So dicht, daß wir sofort weitergehen müssen«, erwiderte Vija.

»Ich bin froh, daß du uns gefolgt bist«, sagte Jake zu ihr. »Aber verstößt du nicht gegen die Traditionen der Fjori, wenn du uns hilfst?«

»Ein wenig vielleicht. Aber diese Prüfung ist wirklich nicht gerecht, und ihr habt das verdient, was ihr Terraner ›eine faire Chance‹ nennt.«

Nog schaute zum Himmel hinauf und dann zu den Bergen in der Ferne. »Es wird dunkel sein, bevor wir die Berge erreicht haben.« Jake sah zur Sonne hoch und erkannte anhand ihrer Position, daß sie fast schon Mittag hatten. Er hatte gar nicht gemerkt, daß seine Verletzung sie mindestens eine wertvolle Stunde gekostet hatte.

»Ja«, gab Vija dem Ferengi recht. »Wenn ihr in der Dämmerung losgegangen wäret, hättet ihr genug Zeit gehabt. Jetzt werden wir die Nacht im Sumpf verbringen müssen.«

»Im Sumpf?« fragte Jake. »Hast du uns nicht gesagt, daß wir diesen Weg auf keinen Fall nehmen sollten?«

»Ja, habe ich, und das stimmt auch. Aber jetzt bleibt uns keine andere Wahl.«

Als sie losmarschierten, stellte Jake fest, daß sogar Vijas Selbstvertrauen beträchtlich von der Aussicht erschüttert wurde, des Nachts durch den Sumpf zu wandern. *Was,* fragte er sich, *erwartet uns dort?*

11

Vija kannte eine Abkürzung, die an der Rückseite der Schlucht hinabführte. Jake wurde klar, daß sie selbst sich erst vor wenigen Jahren dem Ritual unterzogen haben mußte.

»Bist du bei deiner Prüfung durch den Sumpf gegangen?« fragte er, während sie das breite Plateau überquerten. Er wußte, daß sie noch immer einen anderen Weg einschlagen konnten.

»Nein«, gestand Vija ein. »Aber ich habe ihn einmal mit meinem Vater durchquert«, fügte sie schnell hinzu. »Ich kenne die Gefahren und weiß, wie man sie meiden kann.«

»Wird Kala uns nicht in den Sumpf folgen?« fragte Nog.

»Nein. Er wird glauben, ein *Gajo* würde es nicht wagen, diesen Weg einzuschlagen. Und er würde davon ausgehen, daß ihr aus dem Sumpf nie wieder herauskommen werdet, wenn ihr ihn erst einmal betreten habt.«

In diesem Augenblick kam Kala und den Verfolgern in der Schlucht genau dieser Gedanke, während sie der Spur folgten. Trax, der Anführer der Verfolger, ordnete an, daß sie zwei Gruppen bildeten. »Die eine folgt dem Plateau zu den Bergen, und ich werde drei Mann das alte Flußbett entlangführen.«

»Und was, wenn sie durch den Sumpf gehen?« fragte jemand.

Kala lachte. »Dann ist das ihr Pech. Doch es gibt eine

einfachere Möglichkeit«, sagte er zu Trax, »die *Gajo* zu fangen.«

»Und welche?«

»Wir stellen ihnen eine Falle – nur für den Fall, daß sie das Nest des Graf doch erreichen sollten.«

»Kala, du denkst allmählich wie ein Dreckbewohner«, fauchte Trax. »Das entspricht nicht der Tradition der Fjori. Wir verfolgen sie, wie das Ritual es verlangt.«

Kala nickte. »Du hast recht. Die Prüfung muß fair sein – selbst für *Gajo*.«

Der Sumpf war nicht ganz das, was Jake erwartet hatte. Es war kein Feucht-, sondern eher ein Schlammgebiet. Geysire spritzten heiße Asche und Rauch in die Luft, und es kam ihm so vor, als wäre in der Nähe erst vor kurzem ein Vulkan ausgebrochen. Die Bäume, die hier noch standen, waren knorrig und verdreht und versteinert. Purpurne Reben krochen über die heiße Erde und ballten sich gelegentlich zu dichten Vegetationsstreifen zusammen. Vija achtete besonders darauf, jene Stellen zu meiden, an denen die Pflanzen sich am dichtesten drängten. Jake fragte sie nach dem Grund.

»Die Reben sind wie das Netz der Hjonospinne. Ein paar stellen kein Problem dar, doch wenn sie sich zusammendrängen, können sie das Leben aus einem Tier quetschen – oder aus einem Fjori.«

»Killerpflanzen«, murmelte Nog leise zu sich selbst. Er fragte sich, ob es für solche Gewächse, die hervorragende ›Wachhund‹-Pflanzen ergeben würden, einen Markt geben könnte, wenn sie nach *Deep Space Nine* zurückkehrten. *Falls* sie zurückkehrten, berichtigte er sich, als sie tiefer in die unwirtliche Landschaft eindrangen.

Sie hatten den Sumpf vor zwei Stunden betreten. Vija hatte gesagt, sie würden fünf Stunden brauchen, um ihn zu durchqueren. Als Jake zum Himmel hinaufschaute, schätzte er, daß ihnen bis zum Sonnenuntergang noch eine, höchstens zwei Stunden blieben.

»Wäre es nicht besser, weiterzugehen und ein Lager aufzuschlagen, nachdem wir den Sumpf hinter uns gelassen haben?« fragte er.

Vija schüttelte den Kopf. »Nein. Es ist zu gefährlich, des Nachts durch den Sumpf zu ziehen. Wir könnten einem *Pviat* begegnen.« Sie sprach das Wort so aus, daß Jake zur Ansicht gelangte, er wolle auf keinen Fall im Dunkeln einem Pviat begegnen, was auch immer das sein mochte.

Sie machten an einem kleinen Wasserloch Pause, und Vija konnte genug Wasser filtern, um ihren Behälter zu füllen. Alle drei tranken ausgiebig. Es schmeckte schrecklich, doch Vija sagte, es sei ungefährlich, und ihr Durst setzte sich gegen ihre Vorbehalte durch.

Als die Sonne fast schon untergegangen war, blieb Vija stehen und zeigte nach links. »Dort werden wir die Nacht über bleiben.«

Es handelte sich um einen Einschnitt im Gelände, der auf drei Seiten von purpurnen Pflanzen umgeben war. »Ich dachte, wir sollten dieses Zeug meiden«, sagte Nog.

»Die Pflanzen hier sind nicht so wie die anderen. Seht euch die Wurzeln an. Sie sind schwach und werden sich nicht um uns wickeln.«

Jake sah nach, konnte aber keinen Unterschied feststellen. Als er Vija auf die freie Fläche folgte, schienen einige der Pflanzen nach ihnen zu greifen, jedoch nur sehr schwach und zögerlich. Trotzdem gefiel ihm die Vorstellung nicht, die Nacht inmitten von etwas zu verbringen, das sich mit dem Netz einer Hjonospinne vergleichen ließ.

Nachdem die drei sich häuslich niedergelassen hatten, zog Vija ihr Messer und schnitt von einem bräunlichen Strauch, der in der Nähe der Wurzeln der purpurnen Pflanzen wuchs, drei große Blätter ab. Eins gab sie Jake, ein weiteres Nog, das dritte behielt sie. »Unser Abendessen.«

Jake betrachtete das seltsame Blatt, das sich in seiner Hand ziemlich schleimig anfühlte. »Ich bin kein großer Salatesser.«

Vija biß von dem Blatt ab und schluckte schnell. »Es ist sehr nahrhaft. Iß.«

Jake folgte ihrem Beispiel und biß ein Stück von seinem Blatt ab. Es schmeckte noch schlimmer, als es aussah, doch es gelang ihm, es herunterzuschlukken. Irgendwie schaffte er es, fast das gesamte Blatt aufzuessen. Nog war nicht so wählerisch, was seine Mahlzeiten betraf, und schlang sein Blatt geradezu herunter. Dann aß er noch, was Jake übriggelassen hatte.

Als die Sonne unterging, senkte die Dunkelheit sich schnell. Die drei setzten sich Rücken an Rücken, damit sie ihre Körperwärme bewahrten und jede eventuelle Gefahr bemerkten, ganz gleich, aus welcher Richtung sie sich nähern mochte.

Es sollte eine lange Nacht werden. Sie hörten seltsame Geräusche von allen möglichen Wesen, die durch den Sumpf zogen. Einmal glaubte Jake, etwas an ihnen vorbeilaufen zu sehen, doch er lag im Halbschlaf und war sich nicht sicher.

Weder Jake noch Nog schliefen gut in dieser Nacht, und als die ersten Anzeichen des Lichts der neuen Dämmerung über dem Sumpf erschienen, waren sie froh, den Weg fortsetzen zu können.

Als sie ihr Lager verlassen wollten, bemerkte Jake, daß Vija etwas vom Boden aufhob. »Was ist das?« fragte er.

Vija zeigte ihm einen kleinen, runden Kristall. Er war blauweiß und vibrierte. »Das ist ein Klopfer. Er stößt Geräusche aus, die darauf programmiert sind, Pviats und andere Geschöpfe fernzuhalten.«

»Du hättest uns sagen sollen, daß wir uns keine Sorgen machen müssen«, warf Nog ihr vor.

»Hätte ich tun können. Aber dann wäret ihr nicht wachsam geblieben.« Vija steckte den Kristall ein. »Außerdem funktioniert der Klopfer nicht immer.«

Zwei Stunden später verließen sie den Sumpf und standen am Fuß der Berge. Vija zeigte auf einen Gipfel zweihundert Meter über ihnen. »Da oben ist ein Grafnest. Ich werde beim ausgetrockneten Fluß auf euch warten.« Sie kratzte eine grobschlächtige Kartenskizze in den Boden.

Jake und Nog machten sich auf den Weg. Der Aufstieg war steil, doch an zahlreichen Stellen boten hervorstehende Steine Halt und Gelegenheit zur Rast, also würde er nicht allzu schwierig geraten. Vija sah ihnen nach, bis sie etwa ein Viertel des Wegs zu ihrem Ziel zurückgelegt hatten, drehte sich dann um und ging zu dem vereinbarten Treffpunkt.

Wie das Mädchen vorhergesagt hatte, war die Strecke wirklich nicht allzu schwierig, aber ermüdend. So ruhten sie sich alle zehn oder zwanzig Meter aus, bis sie den Gipfel schließlich fast erreicht hatten.

»Hoffen wir, daß niemand zu Hause ist«, sagte Nog. Er wollte die Sache so schnell wie möglich hinter sich bringen und auf sicheren Boden zurückkehren.

Plötzlich fegte ein Schatten über sie hinweg. Sie duckten sich, und Jake hätte fast das Gleichgewicht verloren. Um den Gipfel über ihnen kreiste ein Geschöpf, bei dem es sich um einen Graf handeln mußte.

Jake fühlte sich sofort an einen prähistorischen Flugdinosaurier von der alten Erde erinnern. Der Graf war etwa so groß wie der kalifornische Kondor, den er einmal im Naturkundeunterricht gesehen hatte, mit großen, ledernen Schwingen, scharfen Krallen und einem Schnabel, mit dem er einem Menschen problemlos die Knochen brechen konnte. *Eine gefährliche Herausforderung,* dachte Jake, während er sich fragte, wie sie an dem Wesen vorbeikommen wollten.

Zum Glück befanden sie sich direkt unterhalb des Gipfels, wo die Felsen sich nach innen neigten, und der Graf hatte sie noch nicht gesehen. Aber er würde sie auf jeden Fall erblicken, wenn sie sich näher an sein Nest heranwagten.

»Ich weiß nicht, ob es das wert ist«, sagte Nog. »Ich ziehe die Rituale der Ferengi vor. Man kann dabei zwar ein Vermögen verlieren, aber nicht das Leben.«

»Wir sind zu weit gekommen, um jetzt noch aufzuhören«, erwiderte Jake mit allem Mut, den er aufbringen konnte. »Jetzt kommt es auf die sprichwörtliche Klugheit der Ferengi an. Wir brauchen einen Plan.«

»Ganz einfach. Einer von uns spielt den Köder, während der andere sich eine Feder schnappt.«

»Und ich vermute, ich soll als Köder dienen?«

Nog schüttelte den Kopf. »Nein. Die Rolle übernehme ich, und du kletterst zum Nest hinauf.«

Jake war über Nogs Wahl überrascht, bis er sah, daß der Ferengi in einer kleinen Höhle ein paar Meter über ihnen in der Felswand Schutz vor dem Graf suchen konnte. Er hingegen würde ganz schnell klettern, eine Feder aus dem Nest holen und zurückkehren müssen, bevor der Graf ihn sah – ohne den Vorteil einer solchen Deckung.

Aber er war der bessere Kletterer, und Nogs Plan war logisch. Auch wenn er ihm nicht gefiel.

Nog rutschte in die Höhle, überzeugte sich, daß ihm dort nichts passieren konnte, und fing laut zu schreien an.

Es dauerte nicht lang, dann schoß der Graf zu Nog herab. Der Vogel schien eher neugierig als wütend zu sein und jagte an der Stelle vorbei, an der Jake sich verbarg. Ihn erstaunte, wie groß das Wesen aus der Nähe war. Einen Augenblick lang spielte er mit dem Gedanken, einfach aufzugeben, doch dann kletterte er so schnell weiter, wie er nur konnte.

Er schaute nicht zurück, um sich zu überzeugen, ob Nog den Vogel auch weiterhin beschäftigte. Er wollte es eigentlich auch gar nicht wissen und konzentrierte sich darauf, die letzten Meter zum Nest so schnell wie möglich zurückzulegen.

In dem Gebilde lagen drei ovale Eier, ein jedes etwa so groß wie ein Baseball. *Wie kann ein so großes Tier aus einem so kleinen Ei schlüpfen?* fragte er sich. Aber er hielt sich nicht damit auf, über die Wunder der Natur nachzudenken. Er griff ins Nest und schnappte sich eine Feder.

Jake hatte gerade mit dem Abstieg begonnen, als ein lautes Schlagen von Schwingen ihn darauf hinwies, daß er nicht mehr allein war. Der Graf hatte anscheinend das Interesse daran verloren, Spielchen mit Nog zu treiben, und flog direkt auf ihn zu.

Er steckte die Feder in seine Jacke, sprang auf den Sims unter ihm hinab – und verschätzte sich bei der Entfernung; er rutschte aus und stürzte in den Abgrund.

Hektisch griff Jake nach dem erstbesten Halt. Der Stein, den er dabei erwischte, brach ab, bremste seinen Sturz jedoch etwas, so daß er sich an dem nächsten Felsvorsprung, auf den er fiel, festhalten konnte.

Aber nicht lange. Als seine Finger sich in das lockere Gestein gruben, spürte Jake, daß er abrutschte. Als er dann gerade den Griff zu verlieren drohte, schloß sich eine Hand um sein Gelenk.

Nog kniete auf dem Sims, versuchte ihn hochzu-

ziehen. Mit letzter Kraft drückte Jake sich von der Felswand ab und warf sich auf den Vorsprung.

»Kannst du eigentlich gar nichts richtig machen?« schimpfte der Ferengi, als sie in Sicherheit waren.

»Wo ist der Graf?« fragte Jake.

Nog zeigte in den Himmel über dem Gipfel. Jake schaute hoch und sah, daß der große reptilische Vogel hoch oben über seinem Nest kreiste und sich anscheinend nicht mehr für sie interessierte.

»Die Feder?« fragte Nog.

Jake griff unter seine Jacke. Einen Augenblick lang befürchtete er, verloren zu haben, was sie sich unter solch großen Mühen besorgt hatten, aber sie war noch da. »Das ist unsere Fahrkarte nach Hause«, sagte er, zeigte sie Nog und steckte sie wieder ein. »Und jetzt suchen wir Vija.«

Ihr Erfolg verlieh ihnen Auftrieb, und sie schafften den Abstieg in der Hälfte der Zeit, die sie benötigt hatten, um den Gipfel zu erreichen. Ihnen war fast schwindlig vor Aufregung, als sie zu dem ausgetrockneten Flußbett liefen, an dem Vija auf sie warten wollte.

Edens Sonne stand schon tief am Himmel, als sie ihr Ziel erreichten. Aber Vija war nicht dort. Statt dessen wartete ein anderer auf sie – Kala. Und in der Hand hielt er einen Phaser, den er genau auf sie richtete.

12

»Das Spiel ist vorbei, und ihr habt verloren«, sagte Kala lächelnd, während er drohend mit dem Phaser herumfuchtelte.

»Wie hast du uns gefunden?« fragte Nog.

Kala zog ein Fernglas aus seinem Gürtel. »Ich bin euch den ganzen Weg die Berge hinauf gefolgt – aus sicherer Entfernung.«

»So ein Gerät darfst du nicht benutzen«, sagte Jake wütend.

»Ihr spielt nach euren Regeln, ich nach den meinen. Wichtig ist nur, daß zwei *Gajo* wie ihr das Ritual nicht bestehen.«

»Selbst wenn du auf einen Phaser zurückgreifen mußt«, gab Jake zurück.

Kala betrachtete die Waffe in seiner Hand, kniete dann langsam nieder und legte sie auf den Boden. »Die brauche ich nicht, um euch beide zu besiegen.«

Nog nahm Kampfhaltung an und trat vor, doch Jake hielt ihn zurück. »Nein, Nog. Das ist eine Sache zwischen Kala und mir.«

»Allerdings«, sagte Kala und ging auf Jake zu.

Jake ging ihm entgegen und versuchte sich dabei an die klingonischen Kampftechniken zu erinnern, die er in den Holo-Kammern auf *Deep Space Nine* trainiert hatte. Die beiden umkreisten sich und schätzten die Stärke und die Schwächen des jeweils anderen ab.

Kala war älter, hatte einen bedeutenden Gewichtsvorteil und wußte offensichtlich, wo es langging. Das gehörte einfach zum geheimnisvollen Nimbus der

Fjori. Jake hingegen war der Sohn eines Starfleet-Offiziers, und man hatte ihn zwar gelehrt, eine Konfrontation wann immer möglich zu vermeiden, aber auch, wie man einen Kampf gewann, wenn es keine andere Möglichkeit mehr gab.

Plötzlich holte Kala mit dem rechten Arm aus und setzte zu einem fast unbeholfenen Schlag an, dem Jake problemlos auswich. Aber er hatte nicht damit gerechnet, daß Kalas linkes Bein wie eine Schlange vorzuckte und gegen sein Bein trat. Kala hatte genau die Wunde getroffen, die von dem Ungetüm in der Höhle gerissen worden war. Kala hatte die mögliche Schwachstelle erkannt und auszunutzen versucht.

Scharfe Schmerzwellen durchzuckten Jake, und er verlor kurz das Gleichgewicht. Kala trat erneut zu, traf Jake diesmal in den Magen. Jake krümmte sich und sank auf den Knien zu Boden.

Benommen spürte er, daß Kala zum entscheidenden Schlag ausholte. Doch als die Faust des Fjori sich auf seinen Nacken senkte, zwang Jake sich zu einer Bewegung – und rollte sich zur Seite. Kalas Faust fuhr nur durch Luft.

Der Fjori wirbelte zu einem weiteren Angriff herum, doch da warf Jake sich schon kopfüber auf Kala, und beide stürzten zu Boden. Jake hatte erkannt, daß er Kalas Kickboxtechnik unterlegen war, und wollte nun die Ringkampftechniken der Ferengi einsetzen, die Nog ihm beigebracht hatte. Die Ferengi sind eine kleingewachsene Spezies und nicht gerade für ihre Schnelligkeit und Geschicklichkeit bekannt; daher haben sie eine Nahkampfstrategie entwickelt, die es ihnen ermöglicht, die schwachen Stellen ihrer Gegner auszunutzen.

Kala, der stärkere der beiden, rollte Jake auf den Rücken und versuchte, ihn auf den Boden zu drücken. Doch genau damit hatte Jake gerechnet, und er schlug Kala mit der Kante der linken Hand in die Achsel. Der Nacken des Fjori schnappte zurück, und Jake stieß ihn von sich herab und packte dann den Nacken des Fjori an einer sehr empfindlichen Stelle.

»Gib auf«, befahl er.

Kala wehrte sich, doch Jake hatte ihn fest im Griff. Eine schnelle Drehung, und Kala hätte das Bewußtsein verloren, doch das wollte Jake vermeiden. »Gib auf«, wiederholte er und verstärkte den Druck.

»Ich ergebe mich.« Kala hatte genug. »Ich ergebe mich.«

Jake ließ Kala los und sprang zurück. Das Gesicht des Fjori lief rot an, und einen Augenblick lang hatte es den Anschein, als wolle er den Kampf wieder aufnehmen, doch dieser Augenblick verging. »Du hast tapfer gegen mich gekämpft und gewonnen, Jake Sisko. Ich verliere nicht gern, besonders nicht gegen einen *Gajo*, aber dieser Sieg gehört dir.«

Nog ging zu Jake und ergriff seinen Arm. »Komm, Jake, wir müssen hier weg, bevor die anderen Verfolger kommen.«

»Dein Freund hat recht«, sagte Kala. »Weil ich wußte, daß ihr diesen Weg nehmen würdet, habe ich eine Abkürzung genommen. Die anderen sind dicht hinter mir.«

»Also komm schon«, drängte Nog.

»Wir können nicht hier weg«, sagte Jake. »Zuerst müssen wir Vija suchen.«

»Vija?« Kala sprang auf. »Wovon sprichst du?«

»Sie wollte uns hier treffen«, sagte Jake.

»Sie hat euch bei dem Ritual geholfen?« fragte Kala.

Jake nickte. »Wir haben wohl beide ein wenig betrogen.«

Kala war plötzlich ganz aufgeregt. »Sie ist in Gefahr.«

»Woher willst du das wissen?«

»Weil ... ich euch eine Falle gestellt habe. Ich dachte, ihr beide würdet hineinlaufen. Aber sie muß diesen Weg vor euch genommen haben – und ist ihr zum Opfer gefallen.«

Die Dämmerung währte auf Eden nur ein paar Minuten. Es war schon dunkel, als die drei sich an den Abstieg machten. Zum Glück erhellte das Licht der Monde ihren Weg, und Kalas Fernglas hatte eine Nachtsichtlinse.

»Was für eine Falle hast du gestellt?« fragte Jake den Fjori.

»Eine ganz einfache. In dieser Gegend gibt es zahlreiche Sandgruben.«

»Ich weiß. Vija hat es uns gesagt. Man erkennt sie an dem helleren Boden.«

»Ja. Aber ich habe mehrere mit ganz normaler Erde bedeckt. Man bemerkt sie kaum, besonders nicht, wenn man es eilig hat.«

»Also könnte Vija in eine gestürzt sein.«

»Es muß so gewesen sein. Aber ihr kann nichts passiert sein. Man kommt zwar nur schwer wieder heraus, aber unmöglich ist es nicht. Ich wollte euch damit nur aufhalten, damit ihr es nicht mehr rechtzeitig zurück ins Dorf schafft.«

Jake wollte etwas Unfreundliches zu Kala sagen, doch Nog hatte etwas entdeckt. »Kommt her!«

Sie liefen zu ihm. Der Boden zu Füßen des Ferengi war eine Mischung aus hellerem Sand und dunklerer Erde. Am Rand lag der Kristall, den Vija ›Klopfer‹ genannt hatte. »Vija liegt da drin!« rief Jake.

»Die Grube ist tiefer, als ich dachte«, jammerte Kala. »Sie kam nicht mehr raus, bevor der Sand sie hinabzog.«

Jake rief sich in Erinnerung zurück, was Vija ihm über die Sandgruben erzählt hatte. Wenn man in eine stürzt, hatte sie gesagt, stößt man sich ab, bis man den Rand erreicht und festen Boden unter den Füßen spürt, und klettert heraus. Der Sand war porös, und man konnte eine gewisse Zeit darin atmen. Sie hatte ihnen auch gesagt, wie lange, aber das hatte er vergessen.

»Sie ist da drin, und wir müssen sie rausholen.«

»Dafür ist es zu spät.«

»Nein.« Jake weigerte sich einfach, das zu glauben. Er lief zu den Felsen und riß einige lederartige Reben von den Büschen ab, die sich an sie klammerten.

»Helft mir!«

»Was hast du vor?« fragte Nog, während er ebenfalls Reben herauszog.

Jake band die Pflanzenteile zusammen. »Die Grube muß sich unterirdisch erweitern. Sie war wahrscheinlich zu breit, als daß Vija den Rand erreichen konnte. Ich werde mich abseilen.« Jake band das eine Ende des Seils um seine Taille.

Kala half ihnen nun ebenfalls, und nach kurzer Zeit standen ihnen mehrere Meter Seil zur Verfügung. »Hoffentlich ist das lang genug«, sagte Nog.

»Ich hoffe nur, daß es hält«, erwiderte Jake, trat dann in die Sandgrube und sank sofort in den wie flüssig wirkenden Grund ein.

Bevor er es sich anders überlegen konnte, war er von einer sandigen Dunkelheit umgeben. Sein erster Drang war, sich der Panik hinzugeben. Er konnte nichts sehen, und er konnte nicht atmen. Er war lebendig begraben.

Doch während er dann noch tiefer sank, merkte er, daß er durchaus noch atmen konnte. Nicht gut, aber der Sand war von Luft durchsetzt. Er konnte hier ziemlich lange überleben, was wahrscheinlich ein schlimmeres Schicksal war als ein schnelles Ertrinken.

Er versuchte zu schwimmen, streckte die Hände aus, suchte nach Vija. Er konnte sich nur noch auf seinen Tastsinn verlassen. Als er sich wand und drehte, verlor er sogar jede Orientierung.

Dann berührte er plötzlich etwas. Zuerst dachte er, es sei der Rand der Grube, wo der Boden wieder fest wurde, aber es war weicher. Es kam ihm vor wie – ein Arm. Er hatte Vija gefunden.

Verzweifelt zog er an dem Seil, noch während er Vijas Gürtel ergriff. Er wartete, aber es erfolgte keine Reaktion. Er zog noch einmal, und diesmal tat sich etwas. Langsam wurden er und Vija zur Oberfläche hinaufgezogen.

Jakes Kopf brach durch den Sand, und er sog frische Luft in die Lungen. Er schob Vijas Kopf hoch. Sie bewegte sich nicht, als Kala sie ergriff. Sie waren zu spät gekommen.

Nog half Jake aus der Grube. Es war nun heller. Hatte er jedes Zeitgefühl verloren und die gesamte Nacht in der Grube verbracht? Nein. Er sah einen Lichtschein, der die unmittelbare Umgebung erhellte. »Kala hat eine Leuchtbombe abgeschossen«, erklärte Nog.

Kurz darauf gesellten sich die anderen Verfolger zu ihnen, die das Signal gesehen hatten. »Was ist hier los?« fragte Trax.

Kala schluchzte unbeherrscht, während er sich über Vijas leblosen Körper beugte. »Eine Sandgrube. Sie ist tot.«

13

Trax stieß Kala beiseite und kniete neben Vija nieder. Der Fjori fühlte ihren Puls. »Nein«, sagte er. »Sie ist nicht tot. Sie hat sich in ein Koma versetzt. Wir müssen sie ins Dorf zurückbringen.« Er zog einen Kommunikator aus seinem Gürtel und drückte auf einen Notfallknopf.

Während ein Luftwagen Vija ins Dorf zurückflog, begleiteten Trax und die anderen Verfolger Jake und Nog in einem langsameren, panzerähnlichen Bodenfahrzeug. Kala, den der Zwischenfall zutiefst aufgewühlt hatte, durfte in dem Gleiter mitfliegen. »Er wird dem Captain einiges zu erklären haben«, sagte Trax.

»Wird Vija wieder gesund?« erkundigte Jake sich zum wiederholten Male, da er noch keine zufriedenstellende Antwort auf seine Frage bekommen hatte. Er hatte nicht die geringste Ahnung, was damit gemeint war, sich in ein Koma zu versetzen.

Trax, dessen Feindseligkeit den *Gajo* gegenüber etwas nachgelassen zu haben schien, versuchte es ihm zu erklären. »Die Fjori ziehen seit Jahrhunderten durch die Galaxis. Während dieser Zeit haben wir ein paar ›Tricks‹ von den Eingeborenen verschiedener Planeten gelernt, die größtenteils viel intelligenter sind, als die herrschenden raumfahrenden Spezies eingestehen wollen. Das Koma ist ein Heilritual. Wenn der Körper eine Krise überstehen muß, etwa eine Verletzung oder eine Krankheit, sind Zeit und Ruhe die beste Medizin, damit er sich selbst heilen kann. Aber diese Zeit ist nicht immer vorhanden, und da setzt das Koma ein.«

Jakes Augen hellten sich auf. »Ich glaube, ich verstehe. Manche Leute auf der Erde praktizieren eine uralte Meditation namens Yoga. Einige Meister darin können sogar ihre Körperfunktionen verlangsamen.«

»Ich habe Berichte über Leute gelesen, die stundenlang verschüttet waren, aber ihre Atmung verlangsamt und die Sache unbeschadet überstanden haben«, fügte Nog hinzu.

»Genau das ist es, Jungs.« Trax hätte sie fast mit einem Lächeln bedacht. »Ihr habt euch bei dem Ritual gut geschlagen. Es tut mir sogar fast leid, daß ihr scheitern mußtet.«

Erst in diesem Augenblick wurde Jake klar, daß er seine einzige Chance aufgegeben hatte, jemals nach Hause zurückzukehren, indem er zurückgeblieben war, um Vija zu retten. Doch selbst wenn er daran gedacht hätte, hätte er auf keinen Fall anders gehandelt.

Das panzerähnliche Fahrzeug erreichte das Dorf bei Anbruch der Dämmerung. Als Jake und Nog ausstiegen, wurden sie von einer sehr lebendigen Vija und ihrem Vater begrüßt. Sie umarmte sie beide. »Danke, daß ihr mein Leben gerettet habt.«

»Was ist mit Kala?« fragte Jake Captain Vardk.

»Er wird Buße dafür tun müssen, die Falle gestellt zu haben. Er hatte nichts Böses im Sinn, aber sein Vorgehen hätte fast ein Leben gekostet.«

»Es hat verhindert, daß wir das Ritual erfolgreich abschließen konnten«, fügte Jake hinzu.

»Urgroßmutter hat die Exerzitien beendet«, sagte Vija mit hoffnungsvollem Lächeln. »Vielleicht findet sie einen Ausweg aus diesem Schlamassel.«

»Vielleicht«, sagte Vardk. »Der Rat kommt um Mittag zusammen, und dann werden wir es erfahren.«

Und so geschah es. Vijas Urgroßmutter, die Jake auf mindestens zweihundert Jahre schätzte, saß in der Mitte der Gruppe. Während sie aufgrund ihres hohen Alters zerbrechlich wirkte, schien ihr Kern aus hartem Stahl zu bestehen. Ihre Stimme war leise, fast ein Flüstern, gebot aber dennoch großen Respekt.

»Ich habe alles vernommen, was geschehen ist«, begann Urgroßmutter. Sie sprach Jake und Nog damit an, aber auch die Dörfler, die sich diesmal fast vollzählig zur Versammlung eingefunden hatten. »Was ihr Jungs auf *Deep Space Nine* getan habt, verstößt gegen unsere Gesetze. Aber einige unserer Fjori haben ebenfalls solche Verstöße begangen.« Sie sah Trax und Kala an, die die Köpfe senkten.

»Zweifaches Unrecht muß zu Recht werden«, fuhr Urgroßmutter fort. Sie sah Jake an. »Hast du die Feder des Graf?«

Jake nickte und griff unter seine Jacke. Die Feder war nicht mehr da. Er mußte sie bei alledem verloren haben, was nach dem Angriff des Graf passiert war. Er hatte den Beweis verloren, daß sie das Ritual beendet hatten!

Bevor Jake zu einer Erklärung ansetzen konnte, trat Kala vor. »Ich habe die Feder, die Jake Sisko mir zur Aufbewahrung gab.« Er gab Jake die Graffeder. »Du hast sie bei unserer Prügelei verloren«, flüsterte er ihm ins Ohr. »Ich habe sie aufgehoben – um sie zu behalten. Aber du hast sie dir rechtmäßig geholt, genau wie du den Kampf gewonnen hast.«

»Danke«, sagte Jake. Er nahm die Feder von Kala entgegen, trat dann vor und legte sie direkt vor Urgroßmutter auf den Ratstisch.

Sie hob die Feder mit vom Alter verkrümmten, aber noch starken und nicht zitternden Fingern hoch. Dann sah sie Jake lange schweigend an, bevor sie schließlich fortfuhr. »Obwohl ihr Fremdweltler seid und die Traditionen der Fjori nicht kennt, habt ihr euch bei dem Ritual gut geschlagen.« Sie schaute zu Vija hinüber, die neben ihrem Vater stand. »Obwohl ich gehört habe, daß jemand euch geholfen hat.«

Jake nickte.

»Also habt ihr den Übergangsritus genaugenommen nicht bestanden«, fuhr Urgroßmutter fort. »Die Fjori bewahren ihre Traditionen, und es kann keine Ausnahmen geben, auch nicht aus den erhabensten Gründen, oder die gesamte Struktur unseres Daseins würde zusammenbrechen.« Sie musterte Jake genau. »Das verstehst du doch, nicht wahr, junger Sisko?«

Jake nickte erneut. Es gefiel ihm nicht, aber ihm war klar, wie wichtig ihre Gesetze waren. Sein Vater hatte ihm erklärt, daß ohne Gesetze keine Zivilisation überleben konnte. »Ich verstehe es.«

»Daher können du und dein Ferengi-Freund nicht aufgrund des Übergangsritus von einer Familie der Fjori aufgenommen werden.«

Nog, der neben Jake getreten war, wollte protestieren, doch Urgroßmutter warf ihm einen so strengen Blick zu, daß er seine Zunge im Zaum hielt.

Urgroßmutter bedeutete Captain Vardk, zum Ratstisch vorzutreten. »Es gibt jedoch noch eine andere Möglichkeit, von den Fjori aufgenommen zu werden.« Sie sah Vardk an. »Nimmst du diese Verpflichtung auf dich?«

»Ja«, erwiderte er und sah dann Jake und Nog an. »Aber ihr beide werdet ebenfalls einverstanden sein müssen.«

»Womit müssen wir einverstanden sein?« fragte Nog.

»Daß der Captain, mein Enkelsohn, euch adoptiert und damit in seine Familie aufnimmt.«

»Das macht uns zu Fjori?« fragte Jake.

»Ja«, erwiderte Vardk. »Und da ihr dann Fjori seid, dürft ihr Eden auch verlassen und nach *Deep Space Nine* zurückkehren. Aber ihr werdet an einen Eid gebunden sein, niemals die Existenz dieser Welt zu enthüllen.«

»Diesen Eid können wir leisten.« Jake drehte sich zu Nog um. »Das können wir doch, nicht wahr?«

Es war ein schwerer Kampf, da es sein Ansehen bei seinem Onkel Quark bedeutend gesteigert hätte, hätte er die Position der Heimatwelt der Fjori enthüllt, aber schließlich stimmte Nog zögernd zu.

Die formelle Adoptionszeremonie wurde an diesem Nachmittag abgehalten. Es war ein kurzer, aber bewe-

gender Ritus, und als er vorüber war, lernten Jake und Nog die Angehörigen ihrer neuen ›Familie‹ kennen. Es war eine ganz andere Begrüßung als die bei ihrer Ankunft auf Eden. Ein Bankett wurde abgehalten, und Nog aß zuviel, während Jake die Musik der Fjori so anregend fand, daß er Vija zu einem Tanz aufforderte.

Als die Nacht sich schließlich senkte, wurde ein Scoutschiff mit Warpantrieb startbereit gemacht. Jake und Nog gingen mit Vija zur Luftschleuse, glücklich, daß sie nach Hause zurückkehren würden. »Nur eines bedauere ich«, sagte Jake zu Vija.

»Und was?«

»Daß du jetzt meine ›Schwester‹ bist.«

»Dieses Opfer mußten wir beide bringen.« Sie lächelte, beugte sich vor und küßte Jake leicht auf die Wange. »Vergiß mich nicht, Jake Sisko.«

Bevor Jake etwas darauf erwidern konnte, drehte Vija sich um und verschwand in der Nacht. Die Luftschleuse des Scoutschiffs schwang auf, und in der Öffnung stand Kala. »Wollt ihr die ganze Nacht lang hier herumstehen?«

»Du fliegst uns nach *Deep Space Nine?*« fragte Nog.

»Das ist meine Buße. Es ist mir aber auch ein Vergnügen«, fügte er lächelnd hinzu.

Jake und Nog stiegen in das Schiff. »Captain Vardk hat über unsere Handelskanäle eine Nachricht geschickt. Auf *Deep Space Nine* wissen sie, daß ihr nach Hause kommt.«

»Wie ich meinen Vater kenne, wird er eine Willkommensparty für uns schmeißen.« Jake setzte sich neben Kala in einen Kontrollsessel. »Es wäre schön, wenn du noch etwas bleiben und mitfeiern könntest.«

Kala lächelte, während er den Startvorgang einleitete. »Es wäre mir ein Vergnügen.« Als der Computer grünes Licht gab, aktivierte er die Startdüsen.

Langsam hob das Scoutschiff sich von der Oberfläche von Eden. Als es dann die Planetenatmosphäre hinter sich gelassen hatte, zündeten die Haupttriebwerke, und das kleine Schiff schien einen Satz zu machen und in die dunkle interstellare Nacht zu rasen. Vor ihnen lagen der Gamma-Quadrant, das Wurmloch, das bajoranische Sonnensystem und *Deep Space Nine* – ihre Heimat.

STAR TREK™

in der Reihe
HEYNE SCIENCE FICTION & FANTASY

STAR TREK: CLASSIC SERIE

Vonda N. McIntyre, Star Trek II: Der Zorn des Khan · 06/3971
Vonda N. McIntyre, Der Entropie-Effekt · 06/3988
Robert E. Vardeman, Das Klingonen-Gambit · 06/4035
Lee Correy, Hort des Lebens · 06/4083
Vonda N. McIntyre, Star Trek III: Auf der Suche nach Mr. Spock · 06/4181
S. M. Murdock, Das Netz der Romulaner · 06/4209
Sonni Cooper, Schwarzes Feuer · 06/4270
Robert E. Vardeman, Meuterei auf der Enterprise · 06/4285
Howard Weinstein, Die Macht der Krone · 06/4342
Sondra Marshak & Myrna Culbreath, Das Prometheus-Projekt · 06/4379
Sondra Marshak & Myrna Culbreath, Tödliches Dreieck · 06/4411
A. C. Crispin, Sohn der Vergangenheit · 06/4431
Diane Duane, Der verwundete Himmel · 06/4458
David Dvorkin, Die Trellisane-Konfrontation · 06/4474
Vonda N. McIntyre, Star Trek IV: Zurück in die Gegenwart · 06/4486
Greg Bear, Corona · 06/4499
John M. Ford, Der letzte Schachzug · 06/4528
Diane Duane, Der Feind – mein Verbündeter · 06/4535
Melinda Snodgrass, Die Tränen der Sänger · 06/4551
Jean Lorrah, Mord an der Vulkan Akademie · 06/4568
Janet Kagan, Uhuras Lied · 06/4605
Laurence Yep, Herr der Schatten · 06/4627
Barbara Hambly, Ishmael · 06/4662
J. M. Dillard, Star Trek V: Am Rande des Universums · 06/4682
Della van Hise, Zeit zu töten · 06/4698
Margaret Wander Bonanno, Geiseln für den Frieden · 06/4724
Majliss Larson, Das Faustpfand der Klingonen · 06/4741
J. M. Dillard, Bewußtseinsschatten · 06/4762
Brad Ferguson, Krise auf Centaurus · 06/4776
Diane Carey, Das Schlachtschiff · 06/4804
J. M. Dillard, Dämonen · 06/4819
Diane Duane, Spocks Welt · 06/4830
Diane Carey, Der Verräter · 06/4848
Gene DeWeese, Zwischen den Fronten · 06/4862
J. M. Dillard, Die verlorenen Jahre · 06/4869
Howard Weinstein, Akkalla · 06/4879
Carmen Carter, McCoys Träume · 06/4898
Diane Duane & Peter Norwood, Die Romulaner · 06/4907
John M. Ford, Was kostet dieser Planet? · 06/4922
J. M. Dillard, Blutdurst · 06/4929
Gene Roddenberry, Star Trek I: Der Film · 06/4942

STAR TREK™

J. M. Dillard, Star Trek VI: Das unentdeckte Land · 06/4943
David Dvorkin, Die Zeitfalle · 06/4996
Barbara Paul, Das Drei-Minuten-Universum · 06/5005
Judith & Garfield Reeves-Stevens, Das Zentralgehirn · 06/5015
Gene DeWeese, Nexus · 06/5019
D. C. Fontana, Vulkans Ruhm · 06/5043
Judith & Garfield Reeves-Stevens, Die erste Direktive · 06/5051
Michael Jan Friedman, Das Doppelgänger-Komplott · 06/5067
Judy Klass, Der Boacozwischenfall · 06/5086
Julia Ecklar, Kobayashi Maru · 06/5103
Peter Norwood, Angriff auf Dekkanar · 06/5147
Carolyn Clowes, Das Pandora-Prinzip · 06/5167
Michael Jan Friedman, Schatten auf der Sonne · 06/5179
Diana Duane, Die Befehle des Doktors · 06/5247
V. E. Mitchell, Der unsichtbare Gegner · 06/5248
Dana Kramer-Rolls, Der Prüfstein ihrer Vergangenheit · 06/5273
Michael Jan Friedman, Schatten auf der Sonne · 06/5179
Barbara Hambly, Der Kampf ums nackte Überleben · 06/5334
Brad Ferguson, Eine Flagge voller Sterne · 06/5349
J. M. Dillard, Star Trek VII: Generationen · 06/5360
Gene DeWeese, Die Kolonie der Abtrünnigen · 06/5375
Michael Jan Friedman, Späte Rache · 06/5412
Peter David, Der Riß im Kontinuum · 06/5464
Michael Jan Friedman, Gesichter aus Feuer · 06/5465
Peter David/Michael Jan Friedman/Robert Greenberger, Die Enterbten · 06/5466
L. A. Graf, Die Eisfalle · 06/5467
John Vornholt, Zuflucht · 06/5468
L. A. Graf, Der Saboteur · 06/5469
Melissa Crandall, Die Geisterstation · 06/5470
Mel Gilden, Die Raumschiff-Falle · 06/5471
V. E. Mitchell, Tore auf einer toten Welt · 06/5472
Victor Milan, Aus Okeanos Tiefen · 06/5473
Diane Carey, Das große Raumschiff-Rennen · 06/5474
Diane Carey, Kirks Bestimmung · 06/5476
L. A. Graf, Feuersturm · 06/5477
A. C. Crispin, Sarek · 06/5478
Simon Hawke, Die Terroristen von Patria · 06/5479
Barbara Hambly, Kreuzwege · 06/5681
L. A. Graf, Ein Sumpf von Intrigen · 06/5682
Howard Weinstein, McCoys Tochter · 06/5683
Diane Carey, Invasion! – 1: Der Erstschlag · 06/5694

STAR TREK: THE NEXT GENERATION
David Gerrold, Mission Farpoint · 06/4589
Gene DeWeese, Die Friedenswächter · 06/4646

STAR TREK™

Carmen Carter, Die Kinder von Hamlin · 06/4685
Jean Lorrah, Überlebende · 06/4705
Peter David, Planet der Waffen · 06/4733
Diane Carey, Gespensterschiff · 06/4757
Howard Weinstein, Macht Hunger · 06/4771
John Vornholt, Masken · 06/4787
David & Daniel Dvorkin, Die Ehre des Captain · 06/4793
Michael Jan Friedman, Ein Ruf in die Dunkelheit · 06/4814
Peter David, Eine Hölle namens Paradies · 06/4837
Jean Lorrah, Metamorphose · 06/4856
Keith Sharee, Gullivers Flüchtlinge · 06/4889
Carmen Carter u. a., Planet des Untergangs · 06/4899
A. C. Crispin, Die Augen der Betrachter · 06/4914
Howard Weinstein, Im Exil · 06/4937
Michael Jan Friedman, Das verschwundene Juwel · 06/4958
John Vornholt, Kontamination · 06/4986
Mel Gilden, Baldwins Entdeckungen · 06/5024
Peter David, Vendetta · 06/5057
Peter David, Eine Lektion in Liebe · 06/5077
Howard Weinstein, Die Macht der Former · 06/5096
Michael Jan Friedman, Wieder vereint · 06/5142
T. L. Mancour, Spartacus · 06/5158
Bill McCay/Eloise Flood, Ketten der Gewalt · 06/5242
V. E. Mitchell, Die Jarada · 06/5279
John Vornholt, Kriegstrommeln · 06/5312
Laurell K. Hamilton, Nacht über Oriana · 06/5342
David Bischoff, Die Epidemie · 06/5356
Simon Hawke, Die Beute der Romulaner · 06/5413
Rebecca Neason, Der Kronprinz · 06/5414
John Peel, Drachenjäger · 06/5415
Diane Carey, Abstieg · 06/5416
Diane Duane, Dunkler Spiegel · 06/5417
Jeri Taylor, Die Zusammenkunft · 06/5418
Michael Jan Friedman, Relikte · 06/5419
Susan Wright, Der Mörder des Sli · 06/5438
W. R. Thomson, Planet der Schuldner · 06/5439
Michael Jan Friedman & Kevin Ryan, Requiem · 06/5442
Dafydd ab Hugh, Gleichgewicht der Kräfte · 06/5443
Michael Jan Friedman, Die Verurteilung · 06/5444
Simon Hawke, Die Rückkehr der Despoten · 06/5446
Robert Greenberger, Die Strategie der Romulaner · 06/5447
Dean Wesley Smith & Kristine Kathryn Rusch, Invasion! – 2: Soldaten des Schreckens · 06/5754
J. M. Dillard, Star Trek VIII – Der erste Kontakt · 06/5757

STAR TREK™

STAR TREK: DIE ANFÄNGE
Vonda N. McIntyre, Die erste Mission · 06/4619
Margaret Wander Bonanno, Fremde vom Himmel · 06/4669
Diane Carey, Die letzte Grenze · 06/4714

STAR TREK: DEEP SPACE NINE
J. M. Dillard, Botschafter · 06/5115
Peter David, Die Belagerung · 06/5129
K. W. Jeter, Die Station der Cardassianer · 06/5130
Sandy Schofield, Das große Spiel · 06/5187
Dafydd ab Hugh, Gefallene Helden · 06/5322
Lois Tilton, Verrat · 06/5323
Esther Friesner, Kriegskind · 06/5430
Diane Carey, Die Suche · 06/5432
Melissa Scott, Der Pirat · 06/5434
Nathan Archer, Walhalla · 06/5512
Greg Cox/John Gregory Betancourt, Der Teufel im Himmel · 06/5513
Robert Sheckley, Das Spiel der Laertianer · 06/5514
Diane Carey, Der Weg des Kriegers · 06/5515
Diane Carey, Die Katakombe · 06/5516
Dean Wesley Smith/Kristine Kathryn Rusch, Die lange Nacht · 06/5517
L. A. Graf, Invasion – 3: Der Feind der Zeit · 06/5519

STAR TREK: STARFLEET KADETTEN
John Vornholt, Generationen · 06/6501
Peter David, Worfs erstes Abenteuer · 06/6502
Peter David, Mission auf Dantar · 06/6503
Peter David, Überleben · 06/6504
Brad Strickland, Das Sternengespenst · 06/6505
Brad Strickland, In den Wüsten von Bajor · 06/6506
John Peel, Freiheitskämpfer · 06/6507
Mel Gilden & Ted Pedersen, Das Schoßtierchen · 06/6508
John Vornholt, Erobert die Flagge! · 06/6509
V. E. Mitchell, Die Atlantis Station · 06/6510
Michael Jan Friedman, Die verschwundene Besatzung · 06/6511
Michael Jan Friedman, Das Echsenvolk · 06/6512
Diane G. Gallagher, Arcade · 06/6513
John Peel, Ein Trip durch das Wurmloch · 06/6514
Brad & Barbara Strickland, Kadett Jean-Luc Picard · 06/6515
Brad & Barbara Strickland, Picards erstes Kommando · 06/6516
Ted Pedersen, Zigeunerwelt · 06/6517

STAR TREK: VOYAGER
L. A. Graf, Der Beschützer · 06/5401
Dean Wesley Smith/Kristine Kathryn Rusch, Die Flucht · 06/5402
Nathan Archer, Ragnarök · 06/5403

STAR TREK™

Susan Wright, Verletzungen · 06/5404
John Betancourt, Der Arbuk-Zwischenfall · 06/5405
Christie Golden, Die ermordete Sonne · 06/5406
Mark A. Garland & Charles G. McGraw, Geisterhafte Visionen · 06/5407
S. N. Lewitt, Cybersong · 06/5408
Dafydd ab Hugh, Invasion – 4: Die Raserei des Endes · 06/5409 (in Vorb.)
Karen Haber, Segnet die Tiere · 06/5410
Melissa Scott, Der Garten · 06/5812

DAS STAR TREK-UNIVERSUM, 2 Bde.,
von *Ralph Sander* · 06/5150
DAS STAR TREK-UNIVERSUM, 1. Ergänzungsband
von *Ralph Sander* · 06/5151
DAS STAR TREK-UNIVERSUM, 2. Ergänzungsband
von *Ralph Sander* · 06/5270

Ralph Sander, Star Trek Timer 1996 · 06/1996
Ralph Sander, Star Trek Timer 1997 · 06/1997
Ralph Sander, Star Trek Timer 1998 · 06/1998

William Shatner/Chris Kreski, Star Trek Erinnerungen · 06/5188
William Shatner/Chris Kreski, Star Trek Erinnerungen: Die Filme · 06/5450

Phil Farrand, Cap'n Beckmessers Führer durch STAR TREK – DIE CLASSIC SERIE · 06/5451
Phil Farrand, Cap'n Beckmessers Führer durch STAR TREK – DIE NÄCHSTE GENERATION · 06/5199
Phil Farrand, Cap'n Beckmessers Führer durch STAR TREK – DIE NÄCHSTE GENERATION – Teil 2 · 06/6457

David Alexander, Gene Roddenberry – Die autorisierte Biographie · 06/5544
Nichelle Nichols, Nicht nur Uhura · 06/5547
Leonard Nimoy, Ich bin Spock · 06/5548
Lawrence M. Krauss, Die Physik von Star Trek · 06/5549
J. M. Dillard, Star Trek: Wo bisher noch niemand gewesen ist · 06/6500
Judith & Garfield Reeves-Stevens, Star Trek – Deep Space Nine: Die Realisierung einer Idee · 06/5550
Judith & Garfield Reeves-Stevens, Star Trek Design · 06/5545
Herbert F. Solow & Robert H. Justman, Star Trek – Die wahre Geschichte · 06/6499

Diese Liste ist eine Bibliographie erschienener Titel
KEIN VERZEICHNIS LIEFERBARER BÜCHER!